ANTJE WAGNER

SCHATTEN-GESICHT

Roman

bloomsbury

Mai 2012
Die Originalausgabe erschien 2010 unter dem Titel *Schattengesicht*
bei Querverlag GmbH, Berlin
© 2012 Bloomsbury Verlag GmbH, Berlin
Alle Rechte vorbehalten
Umschlaggestaltung: Rothfos & Gabler, Hamburg,
unter Verwendung einer Fotografie von © plainpicture / Michel Gile
Druck und Bindung: CPI – Clausen & Bosse, Leck
Printed in Germany
ISBN 978-3-8333-5089-4

www.bloomsbury-verlag.de

I Nummer 13

Eine Jeans, ein Pullover, ein T-Shirt, eine Wetterjacke.

Drei Schlüpfer, drei Unterhemden, zwei Paar Socken.

Ein Paar Freizeitschuhe, ein Paar Hausschuhe.

Drei Handtücher, ein Geschirrtuch, zwei Taschentücher.

Ein Teller, eine Schüssel, eine Tasse, eine Kanne, ein Salzstreuer, eine Frischhaltedose, ein Satz Besteck.

Ein Kissen, ein Kissenbezug, zwei Wolldecken, ein Bettlaken, ein Bettdeckenbezug.

Ein Schlafanzug.

„Unterschreiben Sie hier!"

~

In Flugzeugen gibt es keine dreizehnte Reihe. Die Deutsche Bahn hat keinen Waggon mit der Nummer 13. Und in keinem der Hotels, in denen ich gearbeitet habe, gab es ein Zimmer 13. Auf das zwölfte folgte gleich das vierzehnte.

Wie seltsam also, dass – als ich von der *Kammer* komme, wo ich meine Sachen abgegeben und neue bekommen habe, einen ganzen Arm voller fremder Sachen – ich vor einer Tür mit der Nummer 13 stehe. Dass man mir aufschließt. Ich trete ein, die Tür fällt ins Schloss, ich bin allein. Ich werfe die Sachen aufs Bett und gehe sofort hinüber zum Fenster.

Man sieht den Hof, den Rasen, die Wäscherei und die angrenzenden Wirtschaftsgebäude. Darüber der Himmel wie ein aufgehängter Lappen. Kein ruhiges, gleichmäßiges Grau, sondern so ein Drecksgrau. So ein Waschmaschinenabwassergrau, wenn es aus dem Schlauch ins Waschbecken schießt.

Ich drehe mich um. Der Blick hat nicht viel Platz zum Herumstreifen. Zwei mal vier Meter. Ein Bett, ein Tisch, ein Stuhl, ein schmaler Metallschrank, ein Standregal. Der Boden ist gefliest. Die Fliesen haben die gleiche Farbe wie die Haut starker Raucher.

Polly ist nicht hier. Wäre sie jetzt da, würde sie zuerst die kleine runde Plastikplakette mit der eingestanzten schwarzen 13 von der Tür abmontieren und stattdessen mit Tesa einen Zettel rankleben: 12 A.

Polly fehlt mir. Sie fehlt mir wie verrückt. Ich halte mich am Fensterbrett fest und lege die Stirn gegen die Scheibe. Schließe die Augen. *Polly. Polly. Polly.*

~

Als es klopft, zucke ich zurück und fahre herum. Ich habe nicht einmal Zeit, meinen Gesichtsausdruck zu wechseln, schon geht die Tür auf, und eine Frau, die ich nicht kenne, steht im Raum. Ich wische mir kurz übers Gesicht.

„Milana Helmholz?"

Ich sage nichts, nicke auch nicht, ich sehe sie einfach an.

„Ich bin Frau Hartwig." Sie kommt auf mich zu, hebt mir ihre Hand entgegen, drückt meine. „Frau Klemm und Frau Zenker zeigen Ihnen die Bücherei, die Waschküche und die Kantine. Kommen Sie."

~

Der Gang ist beige. Rechts gehen Türen ab. Sie sind klinkenlos und aus Stahl. Es riecht nach Sagrotan.

Die Bücherei besteht aus einer Regalwand. Das Holz ist rissig. Man bleibt mit dem Ärmel hängen, wenn man zu dicht daran vorbeigeht. Die Bücherei ist einmal wöchentlich geöffnet.

Es stehen nur Schmöker drin. Zerlesene Taschenbücher und alte, schwere Schinken. Ich lasse meinen Blick über die Kategorien streifen, die jemand mit Kuli auf gelbe Zettelchen geschrieben und an den Regalbrettern befestigt hat: *Heimat. Liebe. Natur.*

„Ich bin wegen Betrug hier", sagt die, die Ilka heißt. Sie erzählt es, ohne dass ich danach gefragt habe. „Sandra wegen schwerer Körperverletzung."

Ich sehe kurz auf Sandra. Sie ist vielleicht einsfünfundsechzig, hat schwarze Locken, schulterlang, ein fleischiges Gesicht, ihre Augen sind wach und beweglich. Ihr Körper wirkt zusammengestaucht, dicht, schwer. Sandra sieht so aus, als würde da, wo sie hinschlägt, so schnell nichts nachwachsen.

„Es war Notwehr", sagt Sandra. „Er hat es so hingebogen, als ob ich ihn absichtlich angegriffen hätte."

„Und ... hast du?", frage ich.

„Erst als sie keine Luft mehr bekommen hat", sagt Ilka.

An der Leichtigkeit, mit der sie die Sätze hin- und herspringen lassen, merke ich, dass sie dieses Gespräch nur für mich führen. Sie wissen all diese Dinge längst voneinander. Es ist ihre Art, sich vorzustellen. Ihre Art, mich aufzunehmen. Es mir zu erleichtern, hier *anzukommen*.

Ankommen – das Wort klingt nach einer Reise, die nach Strapazen und Abenteuern endlich dahin führt, wo man hinwollte. Kurz geht mein Blick aus dem Fenster, in den zerwühlten Himmel, rutscht ab und prallt gegen die Mauer, die unser Gelände hier umzieht. Früher war es ein Klostergelände. Aus irgendeinem Grund denke ich *Heimat, Liebe, Natur,* drehe mich um und sage: „Okay, jetzt die Waschküche."

Später haben sie mir noch die Kantine gezeigt. „Drei von uns können abwechselnd hier und in der Küche arbeiten", sagte Sandra.

Ich habe mich mit an ihren Tisch gesetzt, mich den anderen vorstellen lassen. Und wieder haben sie es mir leicht gemacht. Ich musste nur nicken und hin und wieder lächeln.

„Warum bist du hier?", fragt Ilka plötzlich, als wir nach dem Abendessen durch den Gang gehen. Vor Nummer 13 bleibe ich stehen.

Um neun ist Nachtverschluss, und morgen früh geht es zu *Tillmans*.

Arbeit ist etwas Seltenes hier, hatte Sandra betont, ein Ausblick. Es gibt nicht viele Werkstätten, die mit Strafvollzugsanstalten zusammenarbeiten. Ich habe Glück, ich habe einen Platz zugeteilt bekommen. Manche Frauen müssen den ganzen Tag in ihrer Zelle hocken. Taschen. *Tillmans* fertigt Taschen an.

„Mila?"

Ich schrecke zusammen. Sehe sie an. „Ich hab jemanden umgebracht."

II Mintgrün
Zwei Monate zuvor

Als ich zum Feierabend die Tür zur Umkleide öffnete, schlug mir eine betäubende Wolke aus Haarspray und Parfum entgegen. Alles war leer. Die anderen Zimmermädchen waren schon weg, ich war die letzte aus der Tagesschicht.

Ich ging quer durch den Raum und öffnete das Fenster. Es war ein deprimierender Apriltag. Der Hotelportier lief neu ankommenden Gästen mit einem Schirm entgegen. Seit morgens regnete es ununterbrochen.

Ich wendete mich ab und knöpfte das mintgrüne Kleid auf. Bevor ich es in den Sack für die Wäscherei warf, nahm ich das weiße Schildchen ab, auf dem *Milana* stand. In dem daneben stehenden Sack waren saubere Kleider, und ich suchte eins in Größe S heraus, heftete das Schildchen wieder an und hängte das Kleid in den Spind. Wenn man erst am Morgen dazu kam, nach einem Kleid zu suchen, konnte es passieren, dass es keins mehr in der richtigen Größe gab, und man lief den ganzen Tag in einem mintgrünen Sack herum. Was unsere ohnehin schon groteske Kostümierung noch verschlimmerte.

Die Kleider reichten bis zum Knie und wurden vorn mit einer Reihe weißer Plastikknöpfe geschlossen. Es war ein weißes Schürzchen angenäht, das keinerlei Funktion hatte. Es sah nur drollig aus. Puffärmel und ein runder, weißer Kinderkragen — kein Wunder, dass keiner uns Mädchen ernst nahm.

Dabei war unsere Arbeit elementar. Elementarer sogar als die der Hostessen, die uns wie Fußvolk behandelten, sich in der Kantine niemals zu uns setzten und kein Wort an uns richteten, außer wenn sie eine Kippe wollten.

Die Hostessen trugen Tiefrot. Knöchellange, enge Röcke, Hackenschuhe in demselben Farbton, ehrfurchtgebietend weiße Blusen, tiefrote Fliegen. Tiefrot ist eine Farbe, die man nie belächeln würde. Wenn man etwas Tiefrotes von Weitem auf sich zukommen sieht, strafft man sich innerlich.

Die Liftboys trugen Dunkelblau, die Portiers Schwarz und Silber, der Zimmerservice ein diskretes, beflissenes Ocker. Mintgrün hingegen war eine Farbe wie Zuckerwatte, alle Mädchen leuchteten darin weithin, und bis wir in jemandes unmittelbare Nähe kamen, hatte derjenige genug Zeit, seine Gesichtszüge ins Verächtliche oder Anzügliche rutschen zu lassen.

Ich griff nach meinen Sachen vom Morgen. Sie waren immer noch klamm, und ich fröstelte, als ich die Jeans anzog. Am Personaleingang lächelte mir der Pförtner hinter seinem Glasfenster entgegen. Ich gab ihm meine Tasche durch, und er warf nur einen kurzen Blick hinein und schob sie dann zurück. „Bis morgen." Ich nickte kurz, wie die anderen Mädchen, die alle kaum Deutsch sprachen. Und ich lächelte, weil alle Mädchen die Pförtner anlächeln.

Als ich die Tür aufstieß, sprühte mir der Regen ins Gesicht. Ich zögerte kurz und blieb stehen, doch dann spürte ich den aufmerksamen Blick des Pförtners im Rücken und trat hinaus. Dieses Zögern, dachte ich, musst du dir endlich abgewöhnen.

Die Pförtner wussten, dass alle Mädchen nach Feierabend über den Boulevard nach Hause schlenderten. Also spannte ich den Schirm auf und schlenderte über den Boulevard. Ich zwang mich, langsam zu laufen und hielt das Lächeln straff. Passte mich dem Gondeln der Touristen an. Schaute in die Schaufensterauslagen. Blieb hin und wieder stehen. Wie alle.

Ich wäre schneller zu Hause, wenn ich den direkten Weg an der Hauptverkehrsstraße entlang nehmen würde, aber es wäre zu einfach, mir zu folgen. Ich hatte mir einen anderen Weg ausgearbeitet.

Nach einer Weile auf dem Boulevard kam ich bei den Arkaden an, glitt aus den Reihen der Flanierenden in eins der Glasmäuler, durchquerte eilig, aber nicht hastig mehrere miteinander verbundene Boutiquen und schlüpfte durch den Westausgang wieder ins Freie. Ich befand mich nun in einer Parallelstraße, die ausschließlich aus Cafés bestand. Fünf davon ließ ich hinter mir, um die Tür zum *Café Endlos* zu öffnen. Ging durch den Raum in den Hofgarten, an den Bierbänken vorbei, über den Rasen. Zum Hinterausgang. Man kommt überall durch die Liefereingänge hinein oder heraus, man darf nur nicht zögern, auf keinen Fall suchend hin- und herblicken, man muss einfach nur geradeaus gehen, sonst wird das Personal aufmerksam.

Hinter dem *Endlos* lag eine ruhige Straße mit restaurierten Altbauten und hohen Akazien, die zum Eingang des Stadtparks führte. Dort stand eine Litfasssäule, an der ich schnell vorüber ging. An der Säule klebte ein Plakat mit Pollys Gesicht und ihrer Personenbeschreibung. Ihr schwarzes Haar war damals noch lang. Sie lächelt. Als das Foto gemacht wurde, war die Sache mit Vincent noch nicht passiert.

Wegen dieses Plakats wusste ich, dass sie meine Wohnung durchwühlt hatten, denn das Foto hatte einmal mir gehört. Sie mussten es gefunden haben, zwischen den anderen Sachen, die ich ebenfalls liegengelassen hatte, als wir so überstürzt weg mussten.

Ich nahm die Hauptallee und bog dann in einen der weniger betretenen Nebenwege ein. An einer Gruppe Grauerlen schaute ich aufmerksam nach links und rechts, schob die herunterhängenden Zweige zur Seite und schlüpfte in die Öffnung. Hinter mir schlossen sich die Zweige wieder, und ich befand mich auf einem der alten Parkpfade.

Der Pfad wurde nicht mehr benutzt, zumindest nicht von den Oberstädtern. Die Büsche links und rechts wucherten vor sich hin – eine kraftstrotzende, dunkelgrüne Verwahrlosung. Den Gärtnern schien die Existenz dieses Pfads entgangen zu sein. Dabei war er provozierend sichtbar.

Wenn man von oben schaute, sah der Park adrett und fügsam aus – sein Angebot an Baumgrüppchen, Springbrunnen und kleinen Grotten war in einer das Auge erfreuenden Weise arrangiert –, dennoch wirkte er seltsam blass, geradezu anämisch. Abgesehen von diesem Pfad, eine fast unanständig pralle Ader, die sich durch die aufgeräumte und gestutzte Artigkeit der gesamten Anlage schlängelte. Diese vegetative Hemmungslosigkeit, dieser Lebenswille, der durch nichts gebändigt wurde – jeder Blinde, hatte ich vom zehnten Stock des Hotels aus gedacht, musste das sehen.

Vielleicht aber war dieser Pfad beim Übertragen des alten Parkgrundrisses in einen neuen vom Zeichner einfach vergessen worden. Und was nicht in einem Plan verzeichnet war, wurde auch nicht gesehen, egal wie sehr es in die Augen wucherte.

Zweige krochen über meine Arme, tasteten nach meinem Haar, alles strömte den scharfen Waldgeruch von Wachstum und Zerfall aus, das gefiel mir. Mir gefiel auch das Knacken alter Eicheln unter meinen Füßen. Ich erreichte die Brücke, die über den Fluss führte, der die zwei Teile der Stadt voneinander trennte. Am Ende der Brücke befand sich ein Eisentor, auf dessen Zacken Bierdosen gespießt waren. Ich schob das Tor hinter mir zu und war in der Unterstadt angekommen.

~

Seit anderthalb Jahren waren Polly und ich unterwegs. Seit der Sache mit Vincent. Von einer Stadt in die nächste, wir wechselten die Koordinaten wie andere Leute ihre Kleidung, und jedes Mal zogen wir uns tiefer zurück.

Die Unterstadt war ein Labyrinth aus Straßen, die wie Laufmaschen irgendwo anfingen, dünner wurden und zerfaserten. Halbfertige Gebäude hier und da, ausgehobene Fundamente und herumliegende Steinhaufen zeugten von engagierten Bauvorhaben, die jedoch mitten im Prozess abgebrochen worden waren. Als hätten die Architekten dieses Teils der Stadt erst nach Baubeginn bemerkt, dass sie den Plan falsch herum hielten, dass es der Plan einer ganz anderen Stadt oder überhaupt kein Plan war. Sondern die von verwirrend feinen Linien durchzogene, stark vergrößerte Fotografie einer Handfläche vielleicht.

So hatte Polly mir die Unterstadt erklärt.

Polly hatte die Wohnung für uns aufgespürt. Wie jedes Mal. Sie schien Antennen für Signale aus gerade jenen Gegenden zu besitzen, die kein Tourist je zu Gesicht bekam. Gegenden, die die Stadtverwaltung am liebsten vergessen wollte. Die Wohnung lag im Dachgeschoss eines fünfstöckigen Mietshauses in der Rolandsgasse.

Busse oder Straßenbahnen fuhren nicht hierher. Nichts fuhr bis zur Rolandsgasse. Und selbst wenn es Öffentliche gegeben hätte – ich wäre trotzdem jeden Tag zu Fuß gegangen. Zu Fuß konnte ich besser kontrollieren, ob mir jemand folgte.

Das alte Mietshaus hatte etwas Schlossähnliches.

Als wir bei der ersten Besichtigung das schwere Haustor hinter uns geschlossen hatten und unten in der düsteren Eingangshalle standen, hatte ich den Kopf in den Nacken gelegt und die Augen aufgerissen.

„Und?", hatte Polly gefragt.

„Na ja, es ist nicht gerade das *Starlight*", hatte ich schockiert geantwortet.

„Ja, krass, oder? Hier könnte man glatt die zweiten Teile von *Die Nacht der lebenden Toten* oder *Castaway* drehen."

Unsere Stimmen klangen hohl in dem Gebäude. Polly drehte sich um ihre eigene Achse und sah nach oben. „Haaallo", rief sie, und auch das Echo klang verzerrt. Als würde das Haus seine Schatten um alles Lebendige schlingen, und wäre es nur eine Stimme.

Über steile Treppen ging es zu den Stockwerken, durch deren feuchte Dunkelheit sich Gänge gruben. Wir hatten mit der Taschenlampe hineingeleuchtet, und die Gänge hatten in dem dünnen Licht geschwankt. Manche Wohnungstüren fehlten, und die schwarzen Öffnungen schienen nach dem Licht zu schnappen. Sie strömten einen dumpfen, undefinierbaren Geruch aus. Ein böser Kindertraum von Schloss. Kein Laut darin. Nichts. Das Haus war von Anfang an so still gewesen, als läge es im Sterben. Doch der Tod hauste nur in den unteren Etagen. Wir wohnten oben.

~

Ich hatte das Mietshaus erreicht, schaute zu unserem Fenster, das dunkel war, und öffnete dann das Tor. Im Treppenhaus legte ich den Arm vors Gesicht und begann den Aufstieg. Ich ging schnell.

Über die Wände zog sich eine Wolkenlandschaft aus Schimmel, die jetzt, im beginnenden Frühling, eine lebhafte, hellgrüne Färbung annahm. Im Winter, als es noch fror, hatte der Pilz grau und tot ausgesehen, doch nun schien er Kraft aus der ersten, vorsichtigen Wärme zu saugen, tastete sich vorwärts und entfaltete sich zu einem großflächigen Kunstwerk aus Gift.

Im obersten Stockwerk hörte der Schimmel auf. Oben gab es immer frische Luft. Hier reichte der Tod nicht hin, und ich nahm den Arm von Nase und Mund. Der Schlüssel lag in meiner Hand, daumengroßes Metall, schwer und beruhigend, das in der Handfläche warm geworden war.

Ein Schwarm Spatzen flog vor mir auf, so unerwartet, dass ich mich kurz an der Wand festhalten musste. Wenn man in einem Haus ist, und Vögel fliegen vor einem auf, gerät etwas im Kopf ins Wanken. Mein Blick raste den Vögeln hinterher, ins Dachgestühl, das dem Himmel nachgab. Ein Dach, über lange Strecken löchrig wie Spitzenbesatz. Es zerrieselte Tag für Tag in eine immer porösere Schönheit. Unsere Wohnung lag jedoch am Ende des Gangs, dort, wo das Dach noch intakt war. Ich schloss die Tür auf.

„Na endlich", rief Polly verschlafen aus dem Zimmer, das wir Wohnzimmer nannten. „Ich dachte schon, du hast dich für heute im *Starlight* eingemietet …"

„Nein, nein. Es gab Ärger mit Rosa", rief ich zurück und fummelte die Kette vor die Tür. Dann lehnte ich mich dagegen. Zu Hause. Irgendwie.

~

Die Dunkelheit in der Wohnung. Kugelsicher, da kam nichts durch. Das Dach hielt. Der Tag war draußen.

Polly gähnte, dann rief sie: „Ich hab was Neues gekocht."
Ich stieß mich von der Tür ab und knöpfte die Jacke auf.
„Ich hatte eigentlich vor, noch ein paar Jahre zu leben", sagte ich. Da ich die Garderobe im Dunkeln nicht gleich fand, ließ ich die Jacke einfach fallen. Dann streifte ich die Schuhe ab. „Mach doch mal 'ne Kerze an, Polly!"

„Du hast doch gesagt, wir müssen Kerzen sparen", gab Polly zurück.

„Ja, aber doch nicht so!"

„Also, hör zu", rief Polly, ohne sich weiter um das Lichtproblem zu kümmern. „Es besteht aus Paprika und Schalotten! Ich hab sie in heißes Öl gelegt, Knoblauch reingetan, mit Muskat gewürzt, einen Schuss Weißwein dazugegeben und Zucker drübergestreut."

„Gnade …", stöhnte ich, während ich mich bis zur Kommode vortastete, wo die Taschenlampe liegen musste.

„Dann Milch, Sahne, Pfeffer und Salz", rief Polly. „Estragon und Pimpinelle. Und Anis! Wie findest du das?"

„Das willst du nicht wirklich wissen."

Wenn ich arbeiten war, verbrachte Polly den Tag in der Wohnung. Nur Vincent war bei ihr. Die Stunden vertrieb sie sich mit irgendwas, zurzeit mit Kochen.

„Es könnte Paprikotten heißen. Oder klingt das zu sehr nach Kotelett?"

„Es klingt nach Zotten."

„Na, dann eben Schalottrika."

Polly erfand Rezepte. Allerdings hatten wir keinen Herd. Polly kochte stattdessen im Kopf.

Die Taschenlampe lag nicht auf der Kommode, und ich tastete jetzt auf dem Boden herum. Mein Rücken schmerzte. Es zog vom Steiß über die Wirbelsäule bis zu den Halssehnen hoch. „Wo ist die verdammte Taschenlampe hin?"

„Keine Ahnung. Vielleicht im Regal?"

„Du kannst doch nicht die ganze Zeit im Dustern hocken!"

„Glaub mir, die Wohnung ist erträglicher, wenn man sie nicht sehen muss", sagte Polly. „Außerdem kann ich so Orientierung üben. Für den Fall, dass ich mal erblinde."

Ich stand auf und stieß mir den Kopf an der Garderobe, die die erstaunliche Eigenschaft zu besitzen schien, im Finstern zu wandern. „Toll, gibst du mir Nachhilfe?" Mit ausgestreckten Armen ging ich ins stockfinstere Wohnzimmer, um das Regal abzutasten.

„Klar, wenn du anrufst!", rief Polly.

„Wen soll ich anrufen?"

„Jetzt tu doch nicht so …"

~

Acht Zimmer pro Schicht waren im *Starlight* das Soll. Ich hatte dreizehn übernommen. Wegen des Geldes. Dreizehn Zimmer mit Bad und Kochnische, und sobald die Gäste merkten, dass wir Mädchen auch das Geschirr machten, rührten sie den Abwasch nicht mehr an.

Es gab zwei fünfzig pro Zimmer, aber weil der Hotelmanager keine Fragen stellte und mich am Ende der Woche bar auszahlte, hatte ich nicht gefeilscht. Nur mein Rücken machte langsam Probleme. Die Gäste zahlten ein Vermögen für sanfte Nächte, und je teurer der Schlaf ist, desto schwerer sind die Matratzen.

Wenn alles normal lief, schaffte man ein Zimmer in fünfundzwanzig Minuten. Wenn man bestimmte Tricks kannte, reichte sogar eine Viertelstunde. Hatte eine von uns aber

Pech, weil sie beim Tricksen erwischt wurde, dann wurde sie überwacht und brauchte eine Stunde.

Zwei fünfzig, und seit zwei Wochen unterschlugen sie mir bei der Abrechnung jedes Mal ein paar Zimmer. Doch ich wusste, dass Rosa dahintersteckte und schwieg.

Rosa. Der Name passte zu ihr wie ein Schleifchen zu einer Viper, und mir war klar, dass sie den Moment herbeisehnte, an dem ich meuterte. Sie stand beim Abrechnen vor mir und sah mich mit schmalen Augen an.

Es hatte angefangen, als Mariza nicht mehr kam, da stand Rosa eines Morgens in der Tür zur Umkleide und sah auf mich. Von allen Mädchen im Raum nur auf mich, und ich dachte: Scheiße.

Wenn sie ein Auge auf dich werfen, weil ihnen irgendwas an dir nicht passt, wenn sie beginnen, Geschmack daran zu finden, dich zu quälen, ist es vorbei. Dann können sie nicht mehr zurück, selbst wenn sie es wollten, keine Ahnung, warum, vielleicht ist das wie bei Kampfhunden, die verbeißen sich in etwas Lebendiges und lassen dann nicht mehr los, du kannst sie anschreien und wegzerren, wie du willst, am Ende hört es auf zu zucken und fällt schlaff zu Boden.

Noch war es nicht so weit.

Noch war Zeit, aber nicht mehr lange. Ich wusste, wie solche Sachen anfingen, und wie es dann weiterging. Wenn ich mich klug verhielt, konnte ich Rosa noch ein wenig hinhalten. Ein paar Tage. Vielleicht sogar ein paar Wochen. Wenn man den Job braucht, lernt man zu pokern. Aber man darf nie den Moment versäumen, an dem man noch passen kann.

~

Ich hatte die Taschenlampe gefunden und seufzte erleichtert.

„Also, rufst du nun an oder nicht?" Polly schien es ernst zu meinen.

„Ich hab keine Ahnung, wovon du redest", sagte ich leichthin, um sie abzulenken.

Im dünnen Strahl der Lampe kontrollierte ich die Fenster. Die Pappe war fest, nichts hatte sich gelöst, keine Ritze, die klaffte. Ich zündete die Kerzen an.

Die schrägen Wände kamen zum Vorschein. Mein Blick ging zur Wand, an der ein Spiegel lehnte. Die Kerzen spiegelten sich darin und verdoppelten das Licht. Ich hatte ihn, wie die Plastikstühle in der Küche, auf dem Dachboden gefunden. Bis auf eine abgeplatzte Ecke und einen kaum sichtbaren Sprung quer durchs Glas war er völlig in Ordnung. Er hatte einen schönen Rahmen, und nahm man es nicht so genau, verlieh er unserem Zuhause sogar einen Hauch Eleganz.

Der Dachboden. Blitzlichthaft sah ich wieder das winzige, feindselige Gesicht, die glitzernden Augen im Schein der Taschenlampe. Dieses eilige, leise Geräusch, so erschreckend nah an meinen Händen. Eine Art Schleifen. Krallen, die übers Holz strichen. Das Wegtauchen ins Dunkel. Ich wischte mir übers Gesicht, wischte die Erinnerung weg.

Polly schwang die Beine vom Sessel, stand auf und streckte sich. „Wie geht's Vincent?", flüsterte ich, dabei war er im Nebenzimmer und konnte uns gar nicht hören.

„Es wird nicht besser", antwortete Polly genauso leise. „Er schläft den ganzen Tag."

Dann lief sie an mir vorbei in den Korridor und schnappte sich meine Tasche. Plastikfläschchen fielen auf den Boden, als sie mein Portemonnaie hervorzog. „Hier", sagte sie und hielt mir einen Zettel hin. „Ruf an."

Es war kalt im Zimmer, die Heizung ging nicht, meine Zehen krümmten sich auf dem nackten Boden. Im Februar hatten wir einen Gasheizer benutzt, ich hatte ihn billig auf dem Flohmarkt erstanden, aber irgendwas stimmte nicht damit, denn er verlor Gas, während er brannte, und einmal, als er schon seit Stunden lief, wären wir beinah davor eingeschlafen. Seitdem hatte ich ihn nicht mehr angemacht, lieber fror ich mir die Füße blau.

Ich legte den Zettel auf den Tisch und strich ihn glatt. Heftig. Seit Monaten, genau gesagt seit dem dritten August vor einem halben Jahr, an dem ich mich das erste Mal geweigert hatte anzurufen, löcherte Polly mich. Aus irgendeinem Grund war ich wütend.

„Was soll das bringen, Polly?"

„Gewissheit!"

„Wir können nicht dorthin. Das Haus ist garantiert verkauft. Und selbst wenn nicht … ich meine, selbst, wenn alles beim Alten wäre … wir können doch nicht dahin zurückgehen, wo wir … Was, wenn uns jemand erkennt?"

„Feigling. Wer soll uns denn erkennen? Du willst also hier bleiben und verrotten! Zwei Wochen, hast du am Anfang gesagt! Zwei Wochen! Wie lange sind wir schon hier? Über zwei Monate!" Polly warf sich wieder auf den riesigen Sessel. Die Leute, die einmal hier gewohnt hatten, hatten das Monster wahrscheinlich zurückgelassen, weil man einen Kran gebraucht hätte, um es von der Stelle zu bewegen. Er war hässlich, hatte die Farbe von alter Mettwurst, aber er war intakt und das Einzige in diesem Loch, was bequem war. „Ich fühle mich wie ein Kellerpilz! Fehlt nur noch, dass ich grün werde und Sporen bekomme! – Und Vincent? Denkst du auch an ihn? In der Wohnung hier stirbt er!"

Ich hob den Blick und sah Polly an. „Du würdest also zurückgehen und mit einer Leiche im Keller leben?"

„Im Anbau, nicht im Keller! Und wir müssten nicht in den Anbau gehen." Sie sank im Sessel zusammen. „Außerdem hast du das Haus geliebt", flüsterte sie. „Weißt du das nicht mehr?"

Mein Herz zog sich zusammen. Schnell und leicht wie eine Möwe zog das Bild des Hauses vorbei: die Mauern von Sternmoos bewachsen, die Dielen, an denen man sich so schnell Splitter einzog, die Sonne, die durch alle Räume wanderte, und wir darin. Vielleicht könnte Vincent dort wieder gesund werden.

Ich betrachtete Polly. Ihre Haut sah bleich aus, und irgendwas war mit ihren Augen, sie wirkten zu schwarz, als ob sie zu tief lägen, vielleicht war es diese Wohnung. Polly und Vincent hielten sich den ganzen Tag hier auf. Ohne frische Luft. Ich spürte eine jähe, fast schmerzhafte Reue und ging zu ihr hin. Ich hockte mich vor den Sessel und sagte leise: „Okay, ich rufe an. – Aber was, wenn wieder niemand abhebt, wenn wie immer die automatische Stimme kommt?"

Sie griff nach meiner Hand. „Dann ist das Haus frei. Dann fahren wir zurück."

Aber so einfach war es nicht.

~

In der Küche kramte ich ein paar Tassenportionen Hotel-Kaffee aus meiner Handtasche, machte den kleinen Gaskocher an und stellte den Kessel darauf. Mit Bedauern dachte ich daran, dass Rosa bald meine Tasche zum Feierabend durchsuchen würde. Bei Mariza hatte es auch so angefangen.

Dabei machten es alle Mädchen. Es war normal, die Tütchen aus den Zimmern mitzunehmen. Die meisten Gäste ignorierten sie, genau wie die Duschpröbchen auf der Badkonsole und das arrangierte Obst auf dem Nussholztischchen, und irgendwer musste die Sachen ja verbrauchen. Polly und mir half es, Geld zu sparen. Alle Mädchen taten es, und die Pförtner, die uns am Ausgang kontrollierten, verloren kein Wort darüber. Offiziell aber war es verboten. Was Rosa sehr wohl wusste. Und was Marizas Pech gewesen war.

Es war wie ein Gesetz: Eine war immer dran. Und keine half, wenn es passierte, alle Mädchen senkten den Blick. Ich war genauso gewesen. Ich hatte wie alle anderen geschwiegen, als Mariza nicht mehr kam. Danach hatte ich die Hälfte ihrer Zimmer übernommen.

„Willst du auch Kaffee?", fragte ich.

„Ja. Mit Rum", sagte Polly und kam in die Küche. Sie rieb die Hände aneinander. „Mann, ist das kalt! – Na ja, wenigstens sparen wir uns den Kühlschrank."

Ich füllte das kochende Wasser in zwei Tassen und verrührte das Pulver. Goss je einen Schluck Rum auf, während Polly sich zu mir setzte und ihre Tasse heranzog.

Meine Hände lagen auf dem weißen Plastiktisch, der sich kalt und sauber anfühlte. In die Oberfläche war ein regelmäßiges Muster aus Kreisen geprägt. Ich ließ den Blick schweifen. Ein langer Spalt zog sich durch die Wand, den ich mit Mull zugestopft hatte. Zumindest kostete uns das Ganze keinen Cent.

Immer ging es um Geld. Jeder Cent Trinkgeld, den Rosa übersehen hatte, weil er unter dem Kopfkissen versteckt lag, war ein Zentimeter fort von hier.

Ja, auch ich wollte weg. Ich wollte es genauso sehr wie Polly. Aber in einer anderen Stadt wäre es wieder dasselbe, und das höhlte mich aus. Als wir vor anderthalb Jahren aufgebrochen waren, hatte ich geglaubt, zu irgendeiner späteren Stunde, in irgendeiner ferneren Stadt zu unserem vertrauten Leben zurückkehren zu können. Unser Leben mit einer richtigen Wohnung für Polly und mich. Ich hatte geglaubt, dass wir nur geduldig sein mussten, dass die Misere, in der wir lebten, ein Übergang zu unserem echten Leben war, den wir durchstehen müssten. Und an dieses Bild hatte ich mich geklammert. Aber die Städte wechseln, die Zeit vergeht, das Leben versickert wie Wasser im Ausguss, und plötzlich wird einem klar, dass man einem Phantom nachläuft. Dass das alte Leben nirgends auf einen wartet. Dass es einfach nicht mehr da ist.

Der Übergang war unser Leben. Wechselnde Wohnungen, die ich in Dunkelheit tunkte, um von außen nicht aufzufallen, ein ewiges Flüstern und Verstummen, wechselnde Rosas. Es gab keine Ruhe mehr; es gab nicht einmal eine Atempause. Unser Leben hieß: möglichst schnell einen Job finden, sobald wir in einer anderen Stadt waren. Möglichst viel Geld zur Seite legen. Sich überlegen, wie das Minimum an Dingen aussieht, das man zum Überleben braucht. Es hieß: mit allen Mitteln vermeiden, jemanden kennenzulernen. Sobald sich jemand für uns zu interessieren begann, sich womöglich verliebte, zogen wir weiter. Und Vincent zog mit.

Man kann nicht lange so leben, und anderthalb Jahre sind lange. Man beginnt irgendwann, sich zu oft auf der Straße umzudrehen, man gibt jedem zufälligen Blick eine Bedeutung. Wenn jemand eine Weile hinter einem läuft, ist das ein schlechtes Zeichen. Wenn keiner eine Weile hinter einem läuft, weil die Menschen ständig wechseln, ist das um so verdächtiger, weil er vielleicht nur die Klamotten verändert hat, die Haarfarbe, das Gesicht. Es spielt keine Rolle, ob man allein auf der Straße ist oder nicht, man fängt zwangsläufig an, sich verfolgt zu fühlen. Und wenn man alle Kräfte dafür verbraucht, Menschen nicht auf sich aufmerksam zu machen, durch ihre Wahrnehmung hindurchzugleiten wie Luft durch ein Gazefenster, beginnt man eines Tages, an der eigenen Existenz zu zweifeln. Eine merkwürdige Angst hatte mich seit Längerem im Griff: dass die Unsichtbarkeit, die Polly und ich uns tagtäglich umlegten, uns irgendwann infizieren könnte. Dass wir einfach verschwinden würden. Diese Vorstellung saß in meinem Kopf, und im Hotel sah ich in jeden Spiegel, um mich zu vergewissern, dass ich noch da war.

Ich hob den Blick. Die Wände standen so eng, sie drückten mir die Luft ab. War jemand mir gefolgt? In unsere Gasse? In diesen blinden, ausgetrunkenen Fleck auf der Stadtkarte? Stand jemand im Hausflur? Jemand, der schon die Fäuste ballte, bis die Knöchel weiß heraustraten?

Ich presste die Hände auf die Schläfen.

Ich musste aufpassen.

Wie lange war es her, dass ich durchgeschlafen hatte? Selbst der Schlaf war brutal geworden. Ich schlief nicht mehr ein – ich brach zusammen. Dann war ich weg. Blind und ausgeschaltet. Bis ich träumte, dass es Morgen wurde. Dass Sonne durch die Fenster kam. Dass ich die Augen öffnete und nicht hier, sondern im Jungbusch war. Dass ich Geräusche aus der Nachbarswohnung hörte. Den Radiowecker, der quäkend ansprang, dann den Wasserhahn. Und da wusste ich, dass alles nie passiert war: die Flucht, die Rosas überall und das, was in der Nachbarwohnung im Jungbusch passiert war. Und in eine ungeheure Erleichterung sinkend, wachte ich auf. Öffnete die Augen und war hier. Im Mietshaus. Es gab keine Sonne. Es war immer noch Nacht.

~

Die Unterstadt war die hässliche Schwester der Oberstadt, hinter den Fluss verstoßen, voll gestopft mit Fabriken und Wohnsilos, Kneipen, Videotheken und Waschsalons. Sie hatte Gegenden, die grell und laut waren. Gegenden, in denen Tag und Nacht Musik lief, wo ständig Alarmanlagen brüllten und die Nächte erst mittags endeten. Wo Geschrei aus den Fenstern quoll und wo immer irgendwo eine Schlägerei stattfand. Und es gab schwarze Löcher. Wo alle Bewegung erstorben war. Die Rolandsgasse gehörte dazu.

Sie war aufgegeben worden. Die Stadt hatte kein Geld, die Häuser abzureißen, und jetzt zogen sich der Schimmel und die Ratten hierhin zurück.

Und Leute wie wir. Ich fragte mich, ob es noch mehr heimliche Bewohner gab.

Die Stadtreinigung tat nichts mehr hier. Der Müll trieb langsam durch die Rolandsgasse. Plakate schuppten von den Wänden. Die Reste lagen auf dem Boden und warben für Schaumpartys und Karaokenächte, die Jahre zurücklagen.

Kam ein Sturm auf, rannten Polly und ich auf die Straße und beobachteten, wie der Müll sich hochschwang und wegflatterte, über die Giebel und Schornsteine hinweg, bis in die bewohnten Straßen hinüber. Vincent war zu schwach, um mitzukommen. Der Sturm verband alles, und wir klammerten uns aneinander und lachten aus Leibeskräften und stellten uns vor, wie es auch unser Lachen hinüberriss.

Nachts zogen hin und wieder Horden randalierender Jugendlicher durch. Sie zerschlugen die Fenster, die noch übrig waren. Doch da niemand sie davon abhielt, da nicht einmal ein Licht irgendwo an- oder ausging, langweilten sie sich schnell und liefen weiter.

Seit wir so lebten, seit anderthalb Jahren, wollte ich, dass es aufhörte. Die Jobs wurden von Stadt zu Stadt schlechter, weil ich es nicht mehr wagte, aufzumucken. Ich hielt den Mund, ich beschwerte mich nie. Jeden Tag ging ich pünktlich ins Hotel, ich trug unauffällige Kleidung und schminkte mich nicht, um den Blick nicht unnötig auf mich zu lenken.

Ich trank einen Schluck Kaffee und spürte den Rum. Auch Polly trank, Vincent gab einen leisen Laut von sich, und plötzlich musste ich weinen.

„He …", sagte Polly und legte die Hand auf meine. „Es wird alles gut."

Vielleicht hat sie recht, dachte ich. Vielleicht hat sie recht, und wir sollten zurückfahren. Zurück nach Schweden. In das vom Knöterich verschlungene Haus. Vielleicht war das tatsächlich die Lösung. Wir mussten ja nicht in den Anbau gehen.

„Komm", sagte ich und stellte die Tasse mit einem Ruck auf dem Tisch ab. „Wir gehen jetzt anrufen."

～

Die Telefonzelle stand ein paar Häuser weiter. Stets erwartete ich, dass sie verschwunden wäre, über Nacht abgebaut und weggebracht. Wer sollte hier auch telefonieren? Niemand war zu sehen. Bis auf den Asia-Imbiss in der Ferne. Der Wagen stand an dem einzigen Fleck, wo noch Menschen waren. Wo eine lebendige Straße diese erloschene

Gegend berührte. Jeden Tag stand er dort, am Ende der Gasse, und bot heldenhaft seine Reispfannen an.

Die Wände der Telefonzelle waren von innen mit alten Anzeigen beklebt. Ich zog meinen Ärmel über die Hand, um den Hörer nicht mit nackter Haut zu berühren. Dann tippte ich die Nummer.

Es klackerte an meinem Ohr, als tippte ein Männchen im Innern des Telefons die Zahlen noch einmal ein, dann rauschte es, ein langes Rauschen, das sich von dieser Zelle nach Norden, über die Ostsee, aufs schwedische Festland und weiter nach Nästeviken spannte. Während ich auf das Freizeichen wartete, zog mein Blick über die prallen Busen und offenen Münder sündiger Studentinnen und verdorbener Hausfrauen, all die Flyer, die in Augenhöhe an der Scheibe hingen. Ich sah hoch zur Zellendecke, die zwar schmutzig, aber der einzig unbeklebte Fleck war, und stellte mir das Haus in Nästeviken vor, die Bäume im Garten, die Kiepe vor der Haustür und unter dem Holz, am Boden der Kiepe: den Schlüssel.

„The number you have dialed is not available. Please try again.“

Ich legte auf und wählte noch einmal. „*... not available ... try again ...*“

Als ich aus der Zelle trat, zählte Polly die alten Kippen auf dem Boden: „Wir fahren zurück ... wir fahren nicht zurück ...“ Filter verrotten nicht. Alles Mögliche zerfällt und wird wieder zu Erde: alte Lappen, Bananenschalen, sogar Joghurtbecher. Zigarettenfilter nicht. Sie werden auch in einer Million Jahren noch da liegen, dachte ich. Das Einzige, was von uns übrig geblieben sein wird. Ausgeblichen und vollkommen intakt. „... fahren zurück ... nicht zurück ... wir fahren zurück! Siehst du!“

„Sobald es mit Rosa gar nicht mehr geht", sagte ich. „Aber bis dahin will … muss ich noch arbeiten. Nur noch bis dahin. Wir brauchen …"

„… das Geld. Wir könnten doch trampen!"

„Mit 'ner Fähre? Tolle Idee", sagte ich. „Außerdem – wenn wir da sind, müssen wir von irgendwas leben."

„Tee kann man aus Schafgarbe machen, Salat aus Löwenzahn. Es gibt einen Garten, und Obstbäume stehen hinterm Haus, das weißt du genau. Da wachsen auch Kürbisse und Kartoffeln. Um satt zu werden, brauchen wir keinen Cent."

„Polly, ich …"

„Du hast einfach Schiss zu fahren! Das ist alles."

„Woher willst du eigentlich so genau wissen, dass das Haus frei ist?"

„Es geht niemand ans Telefon", sagte Polly ruhig.

„Man geht nicht dahin zurück, wo man …", setzte ich an und brach ab. „Ich finde es einfach riskant … verstehst du?"

„Es war auch riskant von den Urmenschen, Feuersteine aneinander zu schlagen und aus ihrer Höhle zu kriechen", sagte Polly.

„Findest du es wirklich so schlecht hier?" Ich merkte im selben Augenblick, was für eine blöde Frage das war.

„Ach was", sagte Polly. „Davon kann keine Rede sein. – Ich *liebe* die Wohnung. Sie ist voll gemütlich. Und überhaupt – diese Gegend hier." Sie schrieb einen großen Bogen in die Luft, umfasste die schimmelnden Häuser damit, die Ratten, den Dreck. „Es ist doch schön hier. Der ideale Ort, wenn man ein Buch über interessante Todesarten schreiben möchte."

„Ist ja gut", sagte ich.

Wir gingen durch die Gasse zurück zum Haus. Es tropfte von den Bäumen. Die Rinnsteine waren verstopft, und was darin lag, rottete ungestört vor sich hin – jene Sorte Gasse, die nicht mal bei strahlendem Sonnenschein einladend wirkt.

~

Noch vor anderthalb Jahren hatten wir Zentralheizung und geweißte Wände. Einmal war ich mit Polly für ein Wochenende in München in einem Hotel. Wir hatten Urlaub gemacht. Wie alle anderen hatte ich durch die Zimmermädchen hindurchgeschaut. Damals hätte ich mir nicht träumen lassen, dass ich einmal zu ihnen gehören würde. Dass ich mir den Rücken für zwei fünfzig pro Zimmer ruinieren würde.

Wenn ich früher das Wort *Zimmermädchen* hörte, hatte ich so eine romantische Vorstellung von lächelnden Mädchen in hübschen Trachten mit gestärkter Bluse, ich dachte an hellblaue Staubwedel und einmal mit dem Sauger über den Teppich, kurz das Bett aufklopfen und fertig. Leichtverdientes Geld. Aber das stimmt nicht. In jedem Hotel sind die Zimmermädchen das letzte Glied in der Kette. Und überall gibt es eine Rosa.

Rosa hassten alle, und sie wusste es, doch die meisten von uns arbeiteten schwarz, und wir schwiegen, wenn sie die Abreisezimmer aufschloss, noch bevor wir selbst hinein durften, und sich unsere Trinkgelder aus den Aschenbechern nahm.

Rosa war an dem Tag auf mich aufmerksam geworden, als ich mit Mariza auf demselben Gang arbeitete. Es war Mittagspause, ich hatte meinen Trolley in die Ecke geschoben und wollte Mariza zur Kantine mitnehmen.

Als ich ins Zimmer hineinsah, konnte ich sie nicht entdecken. Dafür sah ich Rosa und wusste Bescheid. Ich weiß nicht, warum ich nicht schleunigst wieder gegangen bin.

Jetzt, im Nachhinein, bin ich mir sicher, dass es Rosas Absicht gewesen war. Sie wusste, dass wir uns gegenseitig zu den Pausen abholten. Sie wusste also, dass Punkt zwölf Uhr jemand kommen würde. Manchmal tragen Zufall und Pech dasselbe Gesicht. Und der Zufall wollte, dass ich ins Zimmer trat.

Das schwere Doppelbett stand in der Mitte des Raums, Mariza musste es von der Zimmerecke bis dahin geschoben haben. Zweifellos, weil Rosa ihr zeigen wollte, dass der Teppich unter dem Bett nicht wie geleckt aussah. Rosa saß in einem schicken Kostüm im Sessel, mit ausgestreckten Beinen, ihre Nylons glänzten. Mariza lag unter dem Bett.

Mariza lag unter dem Bett auf dem Rücken, und hin und wieder sah ich ihre Hand hervorkommen und einen Schwamm in den Eimer mit Seifenwasser tauchen, um dann wieder unter dem Bett zu verschwinden. „Jede einzelne, Mariza. Und danach wischst du sie alle mit einem weichen Lappen trocken."

Mariza putzte die Metallfedern unter dem Bett!

In diesem Moment drehte Rosa den Kopf zu mir, und das Blut schoss mir ins Gesicht. Ohne den Tonfall zu ändern, sprach sie weiter mit Mariza. „Nicht nur Herr Konrad hat sich über Staub im Zimmer beschwert. Ich habe mich entschuldigt. Für dich hab ich mich entschuldigt, hörst du?"

„Ja, Frau Mailand."

„Ich weiß ja nicht, wie es bei dir zu Hause aussieht, Mariza, aber ein Hotelzimmer ist kein Saustall."

Sie sah mich immer noch an. Ihr Blick ging langsam über mein Schürzenkleid. Über die Strumpfhose, und dann weiteten sich ihre Augen. Mir fiel siedendheiß die Laufmasche ein, und schnell wich ich in den Gang zurück.

Bevor ich in die Kantine ging, zog ich für zwei Euro eine neue Strumpfhose aus dem Automaten in der Umkleide. Der Automat war nur für uns Mädchen angebracht. Korrekte Kleidung gehörte zu den Regeln. Aber ich ahnte, dass es schon nichts mehr nützen würde.

Wenn sie dich zum Quälen aussuchen, dann passiert bei ihnen etwas Ähnliches wie beim Verlieben. Sie zeigen dieselben Symptome. Sie senden bestimmte Signale aus, und je länger du sie nicht beantwortest, desto größer wird ihre Faszination.

Nachdem Mariza plötzlich nicht mehr kam, hatte Rosa an der Tür zur Umkleide gestanden und auf mich geschaut. Ich schaute nicht zurück und war bemüht, mich weder schneller noch langsamer als sonst umzuziehen. Ich hatte das Schürzenkleid zugeknöpft, die Turnschuhe geschnürt, mein Haar kontrolliert und mich dann an Rosa vorbei auf den Gang geschoben. Ich hatte mich in die mintgrüne Schlange der Zimmermädchen eingereiht, die vor dem Lager anstanden, um die Trolleys aufzufüllen. Rosa war gar nicht da. Es gab keine Rosa.

Dummerweise ist Ignoranz nur eine kurzfristige Lösung.

Ignoranz führt dazu, dass sie dich für arrogant halten. Und da es nur sehr wenig wirklich arrogante Menschen gibt, erzeugt Arroganz den Eindruck von Schönheit. Schönheit macht für eine Weile stumm. Noch schwieg Rosa, aber ich hatte ihren Blick in meinem Nacken brennen spüren. Ich wusste: Kaum etwas strahlte eine solche Faszination aus wie der Gedanke, etwas Schönes zu ramponieren.

~

„Milana, komm her!"

Ich stand mit einem Kissenbezug in der Hand vor dem Bett und hob den Kopf. Im gedimmten Licht der Wandlampe sah die cremefarbene Samttapete aus wie Gold. Sie war mit einem filigranen Rankengeflecht überwachsen. Wenn man den Blickwinkel änderte, schienen die Ranken zu zittern und sich wellenartig vorwärtszubewegen. Ich schob das Kissen lautlos in seine Hülle.

Es gab keine Rosa.

Ich legte das Kissen auf das Bett neben die anderen beiden und fuhr über den kühlen Damast.

Rosa war gar nicht da.

„Milana! Bist du taub, oder was?"

Ich straffte mich, zog mein Kleid glatt und schwor mir, nicht zu widersprechen. Was auch passierte: nicht widersprechen.

Ich ging in den Gang. Rosa lehnte an der Tür des Zimmers, das ich kurz zuvor gemacht hatte. Sie sah mich über eine Strecke blauen Teppichs an. Sie trug eine erschütternd weiße Bluse zu einer schwarzen Bügelfaltenhose, und instinktiv ahnte ich, dass sie sich für mich so angezogen hatte. Ihr schwarzes Haar war straff zurückgekämmt und hochgesteckt, was die Zartheit ihres Kinns betonte. Ihr Mund sah röter und verletzbarer aus als sonst, oder es war dieser unglaublich weiße Blusenstoff. Sie schien von innen zu glühen.

„Ich hab Sie gehört, Frau Mailand."

Sie wischte sich kurz über das Haar, als hätte sich eine Nadel gelöst. „Mach die Tür von deinem Zimmer zu, wir haben hier noch zu tun. Und bring deinen Eimer mit."

Ich griff nach dem Eimer, und als ich das Wandlicht ausknipste, verschwanden die Ranken. Eine glatte Fläche Wand blieb zurück. Ich zog die Tür heran und wünschte mir, ich wäre dort, wo jetzt die Ranken waren.

„Mein Gott, geht das immer so langsam bei dir?"

Ich schwieg. Alle Mädchen hatten sich angewöhnt, nur dann mit Rosa zu sprechen, wenn es sich nicht vermeiden ließ. Reden war gefährlich. Eine Einigung, das hatte jede von uns schnell begriffen, war von vornherein ausgeschlossen, wenn sie dich duzen, während du sie siezt. Rosa hingegen liebte es, mit uns zu reden.

„Was hast du hierzu zu sagen?" Sie schob mich ins Bad. Die Fliesen, die Armaturen, die Spiegel blinkten. Die Duschfläschchen lagen säuberlich auf einem weißen Lappen. Die Handtücher hingen hübsch gefaltet. Auch das Toilettenpapier war zu einem makellosen Dreieck umgeschlagen. Mir fiel nichts auf.

„Ich weiß nicht."

„Und das hier?"

Sie ging vor dem Waschbecken in die Hocke und tippte auf Seifenspuren auf der Unterseite. „Das hab ich übersehen …", murmelte ich.

„Ach so", sagte Rosa und erhob sich. „Und das hier, hast du das auch übersehen?"

Sie schraubte den Deckel vom Toilettenspülkasten und hob ihn hoch.

„Aber wir haben doch gar keine Schraubenzieher dafür."

„Und warum fragst du mich dann nicht? Nimm diesen. Und jetzt mach das sauber. – Wo willst du hin?"

„Meine Handschuhe holen."

„Milana, bitte!" Sie seufzte. „Du machst den ganzen Tag Dreck weg, jetzt erzähl mir nicht, dass dir das hier irgendwas ausmacht."

Sie lehnte sich an die Wand, während ich den Schwamm in den Spülkasten tunkte und anfing, den bräunlichen Wasserrand von den Innenwänden zu schrubben.

„Bis ganz runter. Nicht so zimperlich." Sie betrachtete ihre Nägel.

Im Zimmer nebenan piepte ein Wecker. Es war neun Uhr. Rosa sah mir eine Weile zu, verließ dann das Bad und ging in den Wohnraum. Als ich ihr schließlich folgte, stand sie vor dem geöffneten Fenster und winkte mich zu sich. „Fällt dir was auf?"

Ich sah über die Stadt: Dächer, die vom morgendlichen Regen glitzerten, in den Straßen bewegten sich Schwärme farbiger Regenschirme. Rosa hielt sich am Fensterkreuz fest und lehnte sich weit hinaus. „Hier!" Sie wies auf die Fensterbretter und Fensterrahmen. „Dreck, Mila."

„Aber die Fensterputzer …" Ich biss mir auf die Lippen. Nicht widersprechen!

„Du bist also eine von den Bequemen? Bloß keinen Handgriff zuviel?" Sie setzte sich auf das frisch gemachte Bett. „Nimm deinen Schwamm."

Ich sah auf das offene Fenster und dann zu Rosa, wieder zu dem Fenster, und dann verlor ich den Mut. „Frau Mailand." Ich senkte den Blick. „Ich hab Höhenangst."

Als ich aufsah, lag ein Schimmer auf Rosas Gesicht, als hätte ihr jemand ein Kompliment gemacht. „Fang an."

~

Und man fängt immer an. Es gibt keinen Ausweg. Aber jede von uns wusste, wie es endete: Das Mädchen war erledigt. Manchmal ging es von selbst, es kam einfach nicht mehr wieder, so wie Mariza. Rosa bevorzugte es jedoch, die Mädchen eigenhändig zu feuern. Das erforderte Zeit und Fingerspitzengefühl. Sie wollte die Ritzen in der Seele finden. Je versteckter sie waren, desto interessanter wurde es. Finden. Und hineinstechen.

„Vielleicht bist du wirklich nicht geeignet, Milana. Das geht einfach zu langsam. Das Ganze noch einmal. Und zügiger!" Diese Stimme. Von kränkender Beiläufigkeit.

Es war jetzt eine Woche her, seit Rosa begonnen hatte, mich aufzubrauchen. Sie saß in meinem Rücken auf dem Sessel.

Die Haare klebten mir auf der Stirn. Mein Gesicht fühlte sich verbrannt an. Die Tür stand halboffen, und auf dem Gang hörte ich Lins Trolley über den Teppich rollen, ihre leichten Schritte, ich hörte sie an eine Zimmertür klopfen und dann in ihrem hellen Akzent „Guten Morgen" rufen.

Das vierte Mal zog ich das gemachte Bett wieder ab und legte ein frisches Laken über die große Matratze. Wieder hielt ich es in beiden Händen und riss die Arme auseinander, um es faltenfrei auszubreiten und dann straff festzuspannen. Rosa räusperte sich hinter mir.

Du bist stark, Rosa, dachte ich wütend, aber du kannst mir nichts anhaben, denn du kennst mich nicht. Niemand kennt mich! Mein Herz pochte wild. Ich stemmte die steinschwere Matratze hoch und presste das Fußende der Decke darunter. Meine Arme zitterten auffällig. Kein Wort fiel. Aber ich spürte Rosas Blick im Rücken, zwischen den Schulterblättern, wo sicher Schweiß durch den Stoff getreten war.

Dieselben Symptome wie beim Verlieben.

Wenn du aufgibst, bist du gefeuert. Und wenn du nicht auf ihre Provokationen reagierst, ahnen sie, dass etwas tiefer liegt. Etwas, das sich ihnen hartnäckig widersetzt. Es ist eine Sackgasse. Denn solange man keine klare Antwort gibt, bekommt die Beziehung keine Umrisse. Nur die Distanz wird spürbar. Dieser Umstand setzt sie unter Strom.

Als ich die Matratze herabließ, flatterten meine Muskeln, und ich wehrte mich gegen den Impuls, mich ebenfalls sinken zu lassen. Mit geradem Rücken ging ich nach vorn und faltete am Kopfende einen kunstvollen Einstieg ins Bett. Geometrisch exakt, ein gestochen sauberer Knick. Die Kissen lagen genau zwei Zentimeter darüber. Dann sah ich zur Tagesdecke, die auf dem Sofa lag. Der Anblick deprimierte mich. Die Decke war zu schwer, zu groß und zu wenig nachgiebig. Ich war erschöpft.

Das Licht im Zimmer war gelb und warm, Regen schlug leise gegen die Scheiben, Lin hatte das Radio im Nachbarzimmer angedreht. Mit einem Ruck hob ich die bleischwere Decke an und warf sie auf das gemachte Bett. Der Stoff war so störrisch, dass man ihn nur unter äußerster Kraftanstrengung in die korrekte Lage ziehen konnte. Währenddessen musste man aufpassen, dass das kunstvolle Kissen- und Deckenensemble darunter keinen Schaden nahm. Ich zwang die Decke am Kopfende mit einem Handkantenschlag in eine anmutige Falte. In die Falte meißelte ich die darunterliegenden Kissen ein. Formvollendet. Ich atmete jetzt heftig.

Es war ein Morgen im April, und Lin und ich arbeiteten auf demselben Gang. Es gab nur den Morgen und uns beide.

Und ein *Ding*, das hinter mir im Sessel saß und das, wenn ich mich umdrehte, wie eine Frau aussehen würde.

Ich bettete zwei Pralinen auf die Kissen, drehte mich um und sah auf den Boden. Schweißtropfen rannen zwischen meinen Brüsten zum Bauch. Ich brauchte dringend eine Pause. Rosa sagte: „Noch mal, Milana."

Ich presste die Nägel in die Handballen. Es war immer dasselbe. Dabei ist dein Zusammenbruch nicht wirklich ihr Ziel. Sie wollen sich danach sehnen. Dein Wert besteht in dem Ausmaß der Sehnsucht, das du ihnen geben kannst. Vergiss das nicht, dachte ich. Dieses Grau da draußen im Himmel. Deine Empörung. Und vergiss nie die Scham.

„Hast du gehört?"

Als ich den Kopf hob und Rosa ansah, stellte ich mir Rosas Sehnsucht als Seil vor. Geflochten. Sechs Millimeter dick. Ein Seil um ihren Körper und die Gelenke, dessen Enden ich in ihrem Rücken verknotete. Ausbruchsicher. Ich stellte mir vor, wie ich dann das Licht ausmachte.

Und wie ich wegging.

~

Ich ging drei Tage später.

Wäre Polly nicht gewesen, wäre es vielleicht später passiert. Aber passiert wäre es sowieso. Dinge, die einmal angefangen haben, kann ich nicht einfach abbrechen. Konnte ich noch nie. Und Polly war an diesem Tag ins Hotel gekommen.

„*Sie hat mich auf dem Kieker* ... haha. Ich hab gemerkt, dass da etwas nicht stimmte", sagte sie später. „Du hast mich angelogen, Mila."

„Hab ich nicht. Ich hab nur nicht *alles* gesagt."

„Mann, sie hätte dich ..."

Aufgefressen, dachte ich.

Sie hätte mich ausgeweidet wie alle vor mir, solange, bis nichts mehr übrig gewesen wäre, und dann wäre ich ersetzt worden. Die alte Geschichte.

Polly hatte das Zimmer betreten, als Rosa auf der Klappleiter stand, sich am Fensterkreuz festhielt und mit einem Tuch über die Außenjalousien wischte, um mir Vogelscheiße nachzuweisen. Ich stand mit weißen Händen und fliegendem Herz daneben und wusste, dass ich gleich da rauf musste. Auf die Leiter, neun Stockwerke über der Erde.

Seit Rosa wusste, dass ich Höhenangst hatte, legte sie besonderen Wert auf die Fenster. Sie teilte mich nur noch im neunten Stock ein. Ab dem zehnten Stock waren die Fenster blockiert, zum Schutz der Gäste. Ich hatte mich von Anfang an über diese seltsame Grenze gewundert. Als wären neun Stockwerke ungefährlich.

„Du Schwein!", schrie Polly und rannte zu uns rüber. „Du mieses Schwein!"

Rosa fuhr herum, da warf Polly sich schon gegen die Leiter.

~

„Mila, Mila, was …" Lin stand auf einmal auf der Schwelle. Ich wusste nicht, wie lange schon. Sie stand und war ganz weiß und starrte Polly an.

„Rosa ist …" Ich brach ab. Ich sah nur hinüber zum Fenster. Ich spürte, wie kalt mein Gesicht war, meine Finger, meine Füße.

Lin war plötzlich am Fenster. Es war wie ein Schnitt im Film. Eben war sie noch auf der Schwelle, jetzt am Fenster. Sie sah hinunter, und als sie dann anfing zu schreien, waren Polly und ich schon draußen. Rannten die Treppen hinunter, stürzten aus dem Nebenausgang. Die Pförtnerloge war leer. Als wir vom Boulevard in die erste Nebenstraße einbogen, hörten wir die Sirenen kommen.

Wir wurden langsamer. Sahen uns um. Folgte uns jemand? Wir bogen wieder ab. Vor einem Laden mit dem Namen *Haar-Vision* blieben wir stehen. Atmeten durch.

Als ich die Tür öffnete, hatte ich kurz das Gefühl, ein Déjà-vu zu erleben. Ich trat an die Theke, schob Polly vor mich hin. Wie vor anderthalb Jahren in einer anderen Stadt.

Damals hatte ich gesagt: „Bis zum Ohr, bitte. Und blond färben." Eine Schere hatte das schwarze, lange Haar dann mit einem Schnitt vom Kopf getrennt.

Jetzt sagte ich: „Drei Millimeter. Bitte färben Sie es rot."

Am selben Nachmittag standen wir an Deck. Die Finger um die Reling und die Gesichter nach vorn, Richtung Schweden. Der Wind zog über die Fähre. Sie hieß *Stena Line*, genau wie beim ersten Mal vor sechs Jahren. Ich sah auf die Möwen. Sie zogen um das Schiff. Sie zogen in langsamen, weiten Bahnen; ihre Schnäbel standen wie Dolche gegen das Licht.

Wäre nicht der Geruch der Färbung gewesen, dieser chemische Geruch von Angst, den der Wind mir von Pollys raspelkurzem, rotem Schopf in die Nase trieb, hätte ich vielleicht aufgeatmet.

Dennoch hatte ich das seltsame Gefühl, das *Starlight*, Rosas Tod und das alte Mietshaus in der Rolandsgasse lägen schon seit Monaten hinter uns, irgendwo in einer Vergangenheit, die mir bereits so fremd war, als wäre sie nicht uns, sondern jemand anderem passiert.

III Astronomie

Anderthalb Jahre zuvor

Sehr guten Morgen, Frau Lehrerin!

So stand es auf den Plakaten. Sie hingen im Potsdamer Hauptbahnhof. Keine Ahnung, wie lange schon. In den letzten Wochen war ich nirgendwo mehr hingefahren. Ich hatte im Wohnheimzimmer gehockt und für die Mündliche gebüffelt.

Jetzt bewerben: Lehrer-Fuer-Baden-Wuerttemberg.de!

Für nichts mehr hatte ich Augen gehabt, nur für meine Lehrbücher. Polly war auf Zehenspitzen durchs Zimmer geschlichen und hatte darauf verzichtet, Radio zu hören, um mich nicht zu stören. Während ich Musikgeschichte des achtzehnten Jahrhunderts, Lineare Algebra und Didaktik paukte, hatte sie meinen Gürtel aus der Jacke gezogen, sich ans Fenster gesetzt und ihn stundenlang mit winzigen roten und schwarzen Knöpfen verziert. Jetzt war die Zeit der Stille endlich vorbei, die letzte mündliche Prüfung lag hinter mir.

Als ich aus dem Prüfungsraum kam, hatte Polly neben zwei anderen Prüflingen auf einem Stuhl gewartet, mit einem Schirm neben sich und einer einzelnen Sonnenblume in der Hand. Sowie sie mich sah, sprang sie auf und rief: „Überraschung!" Sie griff in ihre Tasche und zog einen Piccolo und zwei Plastikgläser heraus. „Herzlichen Glückwunsch!"

Gleich als sie angefangen hatte, laut zu sprechen, hatten die anderen hochgeschaut.

„Komm, wir gehen", sagte ich und zog Polly die Treppe zum Ausgang hinunter. Ich hörte noch, wie sie hinter uns anfingen zu reden, schnappte das Wort *durchgeknallt* auf oder meinten sie *durchgefallen*? Ich zog Polly noch schneller die Treppe hinunter.

„He, wir müssen anstoßen!", protestierte sie.

Vor der Tür blieb ich endlich stehen und nahm Polly die Flasche aus der Hand. „Prost!", sagte ich und goss ein. Wir nippten an dem Sekt und sahen durchs Eingangstor nach draußen. Niemand war unterwegs. Der Wind schleuderte Blätter hoch und klatschte sie gegen die Hausmauer.

Polly sagte: „Ich will noch nicht nach Hause. Ich kann die Bude gerade nicht mehr sehen. Alles riecht nach Prüfung." Sie schüttelte sich. „Wie wär's mit …" Sie überlegte.

„Shoppen in Berlin?", fragte ich.

„Ja!"

Warum eigentlich nicht, hatte ich gedacht. Zum Spazierengehen war es viel zu ungemütlich. Und schließlich war heute ein besonderer Tag. Ich hatte den theoretischen Teil des Lehramtsstudiums geschafft! Und Polly kam sowieso viel zu selten raus. Es fühlten sich zu viele Leute von ihr gestört.

Die S-Bahn fuhr unter dem *Sehr-Guten-Morgen-Frau-Lehrerin*-Plakat ein. Wir fuhren nach Charlottenburg. Auf der Wilmersdorfer stürzte Polly in einen Handarbeitsladen, kaufte eine Rolle Silbergarn, ein Glas mit gemischten Pailletten und eine Klebepistole. Bei Woolworth erstand sie eine Tüte Muscheln.

„Cool", sagte sie draußen. Ihre Augen glänzten. „Ich will mal was mit unseren Winterstiefeln ausprobieren. Findest du nicht auch, dass die ziemlich öde aussehen?"

„Sie sind genauso, wie Winterstiefel sein sollten: warm."

„Sie sind braun, Mila! Sie haben nicht mal eine Schnalle! Strunzlangweilig. – Ich hab mir gedacht, dass ein paar Muscheln und Pailletten am Umschlag ein bisschen Pep in die Sache bringen könnten."

Der Wind riss am Schirm, Pollys Zöpfe flatterten und lösten sich auf, der Regen rann über ihre Stirn, doch sie lächelte. Die Menschen hetzten mit hochgeschlagenen Jackenkragen an uns vorbei. Wir stapften durch die Pfützen, spiegelten uns in den Schaufensterscheiben, und ich dachte: Wir haben's geschafft. Ich bin Lehrerin!

Polly zerrte mich weiter, über die Wilmersdorfer zurück auf die Kantstraße, bis zu *Humana*. Sie sammelte diverse alte Armbanduhren zu fünfzig Cent das Stück in unseren Einkaufskorb und trug sie an die Kasse. Alte Herrenuhren, kitschige Damenuhren, Quarzuhren, deren Display tot war. Kinderuhren. Eine war wie ein Micky-Maus-Kopf geformt.

„Du weißt doch nicht mal, ob sie gehen", sagte ich.

„Das ist völlig egal, ich brauche sie für … ich hab eben eine Idee. Lass dich überraschen!" Sie sah auf meinen Gürtel. Mit den winzigen Knöpfen war mein Gürtel wirklich absolut individuell.

Draußen schnappte Polly sich mein Handy, hielt es sich wie ein Mikro vor den Mund und fing mitten in dem grauen, harten Regen zu singen an. *I can see clearly now the rain is gone* von Jimmy Cliff. Die Leute starrten uns an, nein, nicht mich, sondern Polly. Sie starrten, als hätte sie zwei Köpfe. Es war immer dasselbe. Aber wir wollten uns nicht die Laune davon verderben lassen. Nicht heute.

Als wir durchgefroren und durchnässt waren trotz des Schirms, suchten wir eine Kneipe.

„He, das ist ja behaglich!", sagte Polly, als wir drin standen. Behaglich – so ein Wort verwendete nur Polly. Sie lachte, als wäre sie kurz vorm Ersticken, und ein ganzer Tisch drehte sich zu uns um. Es war definitiv nicht behaglich hier, es war eine dieser Eckkneipen, in denen man rauchen durfte. Fette Schwaden trieben behäbig durch die Luft.

„Wollen wir nicht lieber woanders hin?", fragte ich.

„Quatsch, ist doch cool hier!", sagte Polly. „Hat was von Abenteuer! Man fühlt sich wie mitten im Waldbrand."

Noch mehr Tische musterten uns.

Ich wollte zu einem der hinteren, dunkleren Tische, gleich neben der Garderobe, aber Polly zog mich schon zu einem gut einsehbaren Fensterplatz. Eine Kellnerin näherte sich.

Sie wirkte, als könnte sie dringend eine Bluttransfusion gebrauchen. Sie hatte aschfahle Haut, hängende Unterlider und Flecken im Gesicht, und Polly flüsterte mir fasziniert zu: „Die sieht aus, als würde sie sich nachts in einen Vampir verwandeln."

„Oder die Reste aus den Flaschen trinken", flüsterte ich zurück.

„Was darf's denn sein?"

„Zwei große Kakao mit Rum!", sagte Polly. „Und zweimal Käsekuchen. – Oder willst du lieber Apfel?"

„Ich nehme auch Käse", sagte ich zu der Kellnerin.

Als sie mich daraufhin mit einem Ausdruck anschaute, als wollten wir sie verarschen, fragte ich freundlich: „Sie haben doch Käsekuchen?"

„Natürlich!", unterbrach Polly mich. „Hier steht's doch: Hausgemachter Kä-se-ku-chen." Sie tippte dabei auf die Karte.

Sämtliche Tische hatten jetzt ihre Gespräche unterbrochen. Ich presste die Lippen aufeinander. Immer. Es war immer dasselbe. Egal, ob in der Disco oder im Supermarkt. Oder im Campus in Potsdam, wo wir wohnten. Dort konnte ich mit Polly nirgends mehr hin.

Solange sie nicht sprach, ging es. Aber kaum fing sie an zu reden, wurden die Leute nervös. Ich hatte gedacht, dass ich mich irgendwann daran gewöhnen würde. Es übersehen könnte. Aber ich konnte es nicht.

„Und Sahne für mich", sagte Polly. „Bitte."

Die Flecken am Hals der Kellnerin hatten sich verändert. Sie waren röter geworden, als würden sie glühen. Sie richtete ihren geäderten Blick auf mich. Sie sah Polly an, als wäre das hier tatsächlich ein heimlicher Rückzugsort für Vampire, und wir wären gerade mit lustigen Knoblauchgirlanden um den Hals hereinspaziert. „Ich denk mal, du gehst besser", sagte sie. „Ich hab keene Lust auf so'n Scheiß!"

„Wieso?", fragte Polly. „Was haben wir denn gemacht?"

„Bringen Sie doch einfach nur den Kakao", sagte ich leise. „Danach sind wir auch schon weg."

~

Sehr guten Morgen, Frau Lehrerin!

Als wir wieder in Potsdam ankamen, sprang mir erneut das Plakat ins Auge. Polly hatte die ganze Zeit nur schweigend aus dem Fenster gesehen. „Wer redet denn so, *sehr guten Morgen?*", wollte ich sie aufmuntern, aber sie reagierte nicht. Schweigend lief sie neben mir her. Ihr hing die schrille Stimme der Kellnerin also auch noch im Nacken. Ich wollte sie abschütteln, doch diese Stimme saß fest.

Jetzt bewerben: Lehrer-Fuer-Baden-Wuerttemberg.de.

Ich blieb stehen. Ich sah das Plakat richtig an, ließ es in mein Gefühl ein. Und plötzlich hatte ich diesen Gedanken. Diesen Gedanken, dass es in einer anderen Stadt vielleicht anders wäre. Dass die Leute ... na ja ... netter zu Polly wären.

„*Wir können alles außer Hochdeutsch*", las Polly das Klein-gedruckte auf dem Plakat. „Die haben wenigstens Humor", sagte sie mit Leichenbittermiene.

Die Entscheidung war schon gefallen. Ich würde mich in Baden-Württemberg um eine Referendarstelle als Musik- und Mathematiklehrerin bewerben.

~

„Was soll das eigentlich heißen: K1, 5?", fragte ich und studierte die Adresse der Schule auf dem Briefkopf. „Ich meine, du hast gesagt, die Wohnung liegt in der Nähe der Schule. Aber hier steht Johannes-Kepler-Schule, K1, 5."

Der Zug summte. Draußen zischte Hildesheim vorbei. In drei Stunden würden wir in Mannheim ankommen. Die letzten Wochen waren mit Organisieren, Packen und Woh-nungssuche dahingeflogen.

Als wir eingestiegen waren, hatten Polly und ich ein Zug-abteil ganz für uns. Doch in Braunschweig hatte ein Typ die Glastür aufgeschoben, kurz etwas gemurmelt und dann sei-nen Rucksack auf einen freien Platz geworfen.

Er trug einen grobmaschigen Strickpullover in einem ab-schreckenden Ocker und ein Hemd darunter. Als wäre das nicht schlimm genug, zog er einen eselsohrigen Thriller aus dem Rucksack, auf dessen Cover blutige Hände über eine Glasscheibe tasteten. Als er anfing zu lesen, machte Polly übertriebene Gesten, wies erst auf die Glastür, dann auf das Cover, dann tat sie so, als würde sie sich erwürgen und wies mit großen Augen auf ihn. Ich hatte in mich hineingegrinst und mir noch einmal die Korrespondenz mit der Schule in Mannheim herausgenommen.

„Was hast du gesagt?", fragte Polly und sah hoch. Sie hatte einen Reiseführer von Mannheim auf dem Schoß.

„Die Schule", sagte ich und tippte auf den Umschlag, „hat keine richtige Adresse."

Polly griff danach, warf einen Blick darauf und sagte: „Hier steht's doch: „K1, 5."

„Davon rede ich ja. Sieht aus wie'n Aktenzeichen!"

„Ich hab dir doch schon erklärt, dass die Schule im K-Quadrat liegt", sagte Polly nur und las weiter.

Der junge Mann hatte in dem Moment, in dem Polly angefangen hatte zu sprechen, aufgehört zu lesen. Sein Kopf war hochgezuckt, als hätte ihn etwas gebissen. Er sah Polly entgeistert an. Nicht schon wieder, dachte ich, beschloss aber, einfach so zu tun, als würde ich es nicht merken. Außerdem war meine Frage noch nicht beantwortet.

„Wie, du hast mir das schon erklärt?", fragte ich.

„Als ich die Wohnung gefunden hab", sagte Polly, ohne aufzusehen. „Da hab ich dir doch erklärt, dass sie ganz in der Nähe der K-Quadrate ist. In den Quadraten gibt's keine Straßennamen."

„Quadrate?"

Polly senkte den Reiseführer. „Mannheim ohne Quadrate wäre wie die Mecklenburgische Seenplatte ohne Seen", sagte sie und hielt den Reiseführer hoch. *Mannheim. Leben im Quadrat.* Der Slogan stand fett auf dem Cover. „Es ist ein Buchstaben-Zahlen-System. Es funktioniert wie beim Schach. Das müsste dir als Mathematikerin doch gefallen", erklärte sie. „Wenn ich dir sage: *Ich zieh meinen Springer auf C3* – dann weißt du doch sofort, wo er steht, oder?"

„Aber wie klingt denn *Ich wohne in C3?*", sagte ich, „Als würde man im Knast wohnen!"

„Oder in O2", sagte Polly und kicherte. „Zu jedem Handyvertrag gibt's eine Wohnung gratis dazu …"

Sie wollte weitersprechen, da platzte der Typ dazwischen. Ich hatte ihn fast vergessen. „Hal-lo?" Er hatte den Thriller zugeklappt. Ich sah auf den Titel *Ich bin dein Henker!* Was Klamottengeschmack anging, stimmte das auf jeden Fall.

„Aber sonst ist alles okay mit dir?", schnauzte er Polly an.

„Ja, danke, und selbst?", fragte Polly freundlich zurück. Da schnappte er sich seine Jacke und den Rucksack und stürmte aus dem Abteil. Als wäre es voller Hornissen. Die Tür blieb offen. Auf dem Gang drehte er sich noch einmal um, und als er merkte, dass ich ihn beobachtete, stürzte er weiter, als säßen die Hornissen ihm schon im Nacken.

„Was hab ich denn jetzt falsch gemacht?", fragte Polly leise.

„Gar nichts."

~

Unsere Wohnung lag im Jungbusch. Der Vermieter, Tobias, war für ein Jahr in Australien. „Der Jungbusch ist ziemlich berüchtigt", hatte Polly gesagt, als sie die Wohnung bei studenten-wg.de entdeckt hatte.

„Was soll das denn heißen, berüchtigt?", hatte ich gefragt.

„Na ja, schäbig", hatte Polly gesagt. „Und cool. So wie Kreuzberg in Berlin vielleicht. Berüchtigt eben."

Jetzt, als ich den Koffer über die gerissenen Gehwege rollte, verstand ich, was Polly gemeint hatte. Die Gegend war unsaniert, die Fassaden bröckelten. Die Häuser trugen Graffiti: schmissige Kunstwerke, eine selbstsicher krakeelende Geheimschrift quer durch die Straßen und Gassen.

Ja, es war cool, im Jungbusch zu wohnen. Leerstehende Wohnungen gab es nicht. Was leerstand, wurde besetzt. Das Leben blühte, es gedieh in jeder Ritze, streute sich über- und unterirdisch aus. Was Parterre lag, wurde Kneipe oder Bar. Live-Musik war ein Markenzeichen des Viertels.

Unser Haus lag in der Hafenstraße. Es war ein Block aus Blech. Ich sah sofort, dass er sich im Sommer mit Hitze aufladen würde, bis man die Fensterbretter nicht mehr würde anfassen können. Im Winter würde man daran festfrieren. Das gefiel mir.

Den Schlüssel für die Wohnung sollte ich bei Sabine Rambart abholen. Es war die Wohnung im ersten Stock. Als ich dort klingelte, wartete Polly draußen vor der Haustür. Wir wollten kein Risiko eingehen.

Nach dem dritten Klingeln öffnete sich die Tür, und ein Beagle stürzte heraus, sprang um mich herum, als wäre ich eine Litfasssäule. Er beschnüffelte meine Beine, wedelte mit dem Schwanz, bekam sich vor Freude gar nicht mehr ein. „Mensch, Donna, jetzt lass doch mal!" Ich sah auf. Ein etwa neunzehnjähriges, sehr blasses Mädchen bückte sich nach dem Beagle und reichte ihn an einen jungen Mann weiter, der ihr über die Schulter schaute. „Bring sie mal in die Wohnstube, da liegt ihre Decke", sagte sie. Dann riss sie die Tür richtig auf, rief „Trara!" und machte eine einladende Handbewegung in die Wohnung. Ich sagte nichts. Ich konnte nicht. Ich konnte sie nur anschauen. Sie war wunderschön.

Sie trug etwas Schwarzes, gründlich Zerrissenes mit lauter Riemen und Schnallen, und als sie lachte, bewegte sich der silberne Nagel in ihrer Oberlippe. Ihre langen, schwarzen Haare waren auf prachtvolle Art verlottert. Sie musste ewig gebraucht haben, bis sie so umwerfend verwahrlost aussah.

„Kommst du jetzt rein, oder wartest du hier auf den Bus?", unterbrach sie meine Gedanken.

Erst jetzt nahm ich die Musik wahr, die aus der Wohnung kam, das Gläserklirren und Lachen.

„Ich ... ich komme gar nicht zur Party", sagte ich stockend. „Ich bin Mila ... ich meine ... Milana Helmholz."

„Ach, du bist die, die bei Tobias einzieht!", sagte sie fröhlich. „Hi, ich bin Bine." Sie hielt mir ihre Hand hin. Ihre Haut war weiß wie ein Waschbecken, das kann nicht natürlich sein, dachte ich, das musste geschminkt sein. Tiefschwarze Netzstulpen bedeckten das Handgelenk, jeder Finger war silberberingt. Ich drückte die Hand und erwartete, dass sie sich auflösen würde. Ihre Hand war warm und fest. „Kannst trotzdem reinkommen", sagte das Mädchen, das Bine hieß und eher Desdemona hätte heißen mussen.

„Äh ... vielleicht ein ... anderes Mal", sagte ich.

Bine grinste, drehte sich um und nahm einen Schlüsselbund der Kommode. „Dritter Stock", sagte sie. „Apartment 3/02. Der Astronomieraum. Die Tür rechts neben dem Felsen!"

„Was?" Sie hätte auch in einer anderen Sprache reden können.

Da drehte jemand die Anlage so laut auf, dass die Wände zu vibrieren anfingen. Sie machte eine entschuldigende Geste, drehte sich um und rannte in den Lärm. Die Tür fiel ins Schloss.

～

„Dritter Stock", sagte ich. „Sie hat *Astronomieraum* gesagt. Keine Ahnung, was das sollte."

„Ganz einfach", sagte Polly im Eingang. „Das hier war mal 'ne Schule." Sie wies auf eine Schulklingel, eine große Schelle aus Metall, die eingerostet über der Haustür hing. „Und hier hat mal ein Aufseher oder so was gesessen." Ihr Blick ging auf ein Fensterchen, eine Art Pförtnerloge. Ich stellte mir vor, wie das Fenster mal geblitzt hatte. Jetzt war es mit Hanuta-Aufklebern von Fußballern übersät.

Eine Schule. War das ein gutes Zeichen? Automatisch dachte ich an die Schule in K1, 5. Was würde mich dort erwarten? Wie wäre wohl mein Mentor oder meine Mentorin? Ich hatte schon Horrorstorys gehört. Würden die Schüler mich mögen? Die Kollegen?

„Los jetzt", sagte Polly. „Ich hatte nicht vor, hier zu übernachten!" Sie griff nach dem Koffer und gemeinsam schleppten wir ihn die drei Stockwerke hoch.

Die ehemaligen Klassenzimmer waren zu Wohnungen umgebaut worden. Zu Apartments, wie die blasse Bine gesagt hatte.

Apartments. Der Name war das Modernste daran. Neben den Wohnungstüren hingen noch die Plastikschildchen von damals, einst weiß, jetzt grau und von haarfeinen Rissen durchzogen, die in schwarzen Buchstaben den Namen des Klassenraums bekannt gaben: Physikkabinett. Werkraum. Lehrerzimmer.

Im dritten Stock gab es zwei Türen nebeneinander. Vor der, die zum *Deutschraum* führte, lag ein monströser Felsbrocken.

„Pappmachee", sagte Polly und hob einen an. „Na ja, warum nicht? „Briefmarkensammeln ist ja auch inzwischen die totale Mottenkiste. Stell dir dagegen mal vor, jemand sagt dir: *Du-hu, ich hab da eine tolle Sammlung Felsbrocken zu Hause ...*"

„Da schmelz ich dann natürlich sofort dahin", sagte ich und fummelte mit dem Schlüssel an unserer Tür herum. Polly entzifferte das Namensschildchen unter der Klingel nebenan. „B. Flössow", flüsterte sie. „B? Wofür das wohl steht – B wie Bund der Brockenbesitzer? Bündnis der Bärenbändiger oder Bereich der Bühnenbildner?"

Dann war unsere Tür offen.

~

Polly wendete sich sofort von der Nachbarstür ab und stürzte an mir vorbei in die Wohnung. Als Erstes lief sie zum Fenster. Der Blick ging auf den Rhein, auf zwei Kräne, die wie mit Mäulern in den Himmel griffen, und eine Berglandschaft aus Containern. Moosgrüne *Evergreens, Hapag Lloyds* in staubigem Orange und blau-weiße *Samskips*.

„Klasse!", rief sie. „Einfach Klasse!"

Ich rollte den Koffer in eine Ecke und sah mich um. Ein kleiner geweißter Würfel mit Kochnische. Ein rotes Plüschsofa, ein Kokosteppich, marokkanische Lampen.

„Gemütlich", sagte ich. Nach dem Studentenwohnheim in Potsdam würde dies unser erstes eigenes Zuhause werden.

Das Wohnheim. Zimmer 12. Das letzte im Gang. Ganz am Anfang, als wir gerade eingezogen waren, hatten die Studenten in unserem Gang noch gelacht, wenn ich mit Polly in die Küche ging, um dort, so wie alle anderen auch, Nudelsuppe zu kochen oder Spiegeleier zu braten. Sie hatten gelacht, als hätte ich einen originellen Witz gemacht.

Aber nach und nach verstummten sie. Dann wichen sie uns aus. Irgendwann hatte Polly aufgehört, das Zimmer zu verlassen. Sie kam nur noch in dringenden Fällen heraus.

Eines Nachts hatte jemand mit rotem Permanentmarker **FREAKSHOW** auf unsere Tür gekrakelt. Das Zeug ließ sich einfach nicht abschrubben. Aber sie hatten Polly zumindest nie an den Hausmeister verpfiffen. Obwohl sie ohne Erlaubnis bei mir wohnte. Trotzdem hatte ich immer Angst, es könnte herauskommen. Und Polly auch.

~

„Hallihallo, ich bin Ihr Mentor!"

Ein Mann in Jeans und mit sorgfältig verwuscheltem Haar kam im Lehrerzimmer auf mich zu. „Jens Klare." Eine Mentholwolke begleitete ihn. Offenbar benutzte er Mundspray. „Wir zwei werden also in den nächsten Monaten miteinander arbeiten", wirbelte mir ein neuer minzehaltiger Satz entgegen. Die Zähne, die sein Lächeln enthüllte, wirkten so weiß und makellos, dass ich nur mit Mühe den Blick losreißen konnte. Zähne wie aus der Kukident-Werbung. „Unsere Schüler beißen nicht, Frau Helmholz. – Darf ich vielleicht Milana sagen?" Er hielt mir die Hand hin. „Also, ich bin Jens." Wieder dieses puderzuckerweiße Lächeln.

Ich nickte überrumpelt und ließ es zu, dass er meine Hand nahm und schüttelte.

„Na prima, dann mal los", sagte er, und ich konnte gerade noch verhindern, dass er mir die Tasche abnahm. „Ab ins Krisengebiet 9b."

Er ging mit mir den Korridor entlang, und sobald ein Schüler uns entgegenkam und ihn grüßte, rief er zurück:

„Moinsenius, Kevin!" oder „Aloha, Lena!" oder „Tachchen, Tachchen, ihr drei!"

Das war ja nicht zum Aushalten. Dieser Jens war mindestens Ende vierzig, trug ein T-Shirt, auf dem Kermit als Surfer abgebildet war, und – was viel schrecklicher war — er schien wahnsinnig stolz auf seinen auf jugendlich getrimmten Tonfall zu sein. Es war dieser Tonfall, den ich selbst früher immer gehasst hatte. Fehlte nur noch, dass er *Schalömchen* sagte. Ob andere Mentoren auch so waren?

~

Wir traten in den Klassenraum. Fünfundzwanzig Neuntklässler schrien durcheinander, kabbelten sich, hörten Musik übers Handy. Mein Herz schlug einen Tick schneller.

„Hi Folks!", rief Jens Klare. „Jetzt fahrt mal die Lautstärke runter! Piano, piano!"

Ich sah meinen Mentor betreten von der Seite an. Jetzt setzte er sich halb auf den Lehrertisch, und während alle sich auf ihre Plätze verzogen, sagte er jovial: „Leute, ich will euch jemanden vorstellen."

Alle schauten mich an. Ein paar Jungs grinsten. Ich fühlte mich wie ein Jux auf Beinen. Die meisten verzogen keine Miene. Nur zwei Mädchen lächelten mich schüchtern an. Eine trug ein Kopftuch, hatte aber wie zum Trotz ihre Brauen in einem feurigen Zickzackmuster rasiert. Die andere hatte mausblondes Haar, und sie trug es wie ich zehn Jahre zuvor: glatt herunterhängend. Diese unentschlossene Länge, weil Ina mir nicht erlaubt hatte, es richtig abschneiden zu lassen, genau bis zur Schulter, weder lang noch kurz. Ich lächelte zurück.

„Also", sagte Jens Klare. „Das hier ist Frau Helmholz, die neue Referendarin!" Er warf sein glattweißes Lächeln in meine Richtung.

Ich trat automatisch einen Schritt nach vorn, als hätte er mich angestupst.

„Guten Morgen", sagte ich.

„Is schon längst Mittag!", brüllte ein schwarzhaariger Junge aus der dritten Reihe zurück. Die Klasse reagierte mit Gelächter.

„Nicht so, Kenan", rief Klare vom Tisch. „Klar?"

„Klar, Herr Klare", rief der Junge, der Kenan hieß, und wurde wieder mit ein paar Kicherern belohnt. „Ich wollt's nur gesagt haben."

Ich musste darauf reagieren, damit sie mich ernst nahmen, aber ich konnte nicht. Ich fühlte mich plötzlich wie eine Schauspielerin, die auf der Bühne feststellt, dass das Stück, das gerade gespielt wird, nicht das ist, was sie gelernt hat. Dabei hatte ich mich doch vorbereitet!

„Also, ich werde euch dieses Halbjahr in Musik unterrichten", sagte ich. Ich bemühte mich um einen Tonfall, der sich nicht anbiederte. Nicht zu jovial, sagte ich mir. Aber auch nicht zu ernst. Doch im Vergleich zu Jens Klare, der auf dem Tisch sitzend mit dem Fuß wippte, als würde er einen Song hören, fühlte ich mich automatisch steif und altjüngferlich. „Bevor ich aber selbst unterrichte, werde ich den Unterricht ein paar Wochen lang von der letzten Reihe aus beobachten."

„Wie … und dafür gibt's Geld?", rief Kenans Banknachbar. „Fürs Rumhocken? Da werd ich auch Lehrer!"

Kenan fing brüllend an zu lachen und versetzte seinem Nachbarn einen anerkennenden Boxhieb gegen die Schulter. Jens Klare reagierte nicht darauf. Ich merkte, dass ich langsam ärgerlich wurde, beschloss aber, dass Streit die falsche Art war, eine Freundschaft mit der Klasse zu beginnen, und ging steif durch den Raum zu meinem Platz. Mein Stuhl stand ganz hinten, fast in der Ecke. Als ich mich setzte, kam ich mir einen Moment lang so vor, als müsste ich eine Strafe abbüßen.

~

Schon nach vier Wochen hatten Polly und ich unsere Rituale. Eins davon war: samstags ins *Orion* zu gehen.

Nicht nur Polly freute sich darauf, lackierte sich die Nägel und föhnte sich und mir trällernd die Haare – auch ich selbst war froh, mal etwas anderes zu sehen als das Klassenzimmer.

Wir zogen hohe, schwarze Schuhe an, deren Spitzen Polly mit Textillack flammendrot eingefärbt hatte, malten uns Silber auf die Lider, flatterten durch die Wohnung wie aufgeregte Papageien.

Als wir die Wohnungstür öffneten, fielen uns zwei neue Felsbrocken ins Auge.

„Vielleicht soll hier *Prometheus* gedreht werden?", überlegte Polly. „Auf dem Ding soll er angekettet werden, und der Adler frisst seine Leber!" Sie warf sich auf den größten Brocken und schlug dann um sich, als würde sie von einem Schwarm Adler angegriffen.

„Wenn schon, dann der Bussard. Wegen dem B." Ich schloss die Tür ab. „Lass den Scheiß!", sagte ich, als Polly mit ihrem Gezappel die gelben Gummistiefel umwarf, die immer auf der Schwelle standen. Gelb, mit einem orangen Rand. Wozu brauchte man Gummistiefel in der Stadt? Ich stellte sie wieder ordentlich hin. Dabei fiel mein Blick erneut auf das Namensschild.

B. Flössow. Polly war von den künstlichen Brocken fasziniert, mir gefiel das B. Manchmal frage ich mich, ob alles passiert wäre, wenn anstelle des Bs einfach nur Beata dagestanden hätte oder Bernd. Das B war geheimnisvoll. Es ließ sich mit allem füllen.

Wir bekamen B nicht zu Gesicht. Aus irgendeinem Grund liefen wir uns nie über den Weg. Anfangs hatte mich das gewundert. Dann nicht mehr. So wie zwei Uhren in weit voneinander entfernten Ländern zwar in verschiedenen Stunden, aber dennoch im selben Takt ticken, so tickte auch unser Leben auf parallelen Bahnen. Wir lebten unsichtbar nebeneinander her, und es machte mir Spaß, auf die Geräusche in der Wohnung nebenan zu lauschen.

Was uns auffiel: B bekam oft Besuch. Mädchen im Alter meiner Schülerinnen, manchmal ein Junge, wie ich mit einem Blick durch den Spion feststellte. Zweimal die Woche kam einer die Treppe hoch, klopfte an Bs Tür, und sobald der Summer ertönte, griff er oder sie nach den Gummistiefeln und verschwand in der Wohnung. Kurz darauf ging in der Wohnung das Radio an. Faszinierend.

Wenn der Besuch gegangen war, standen die Stiefel wieder auf der Schwelle. War B eine Frau oder ein Mann? Wie alt war er oder sie? Was waren das für Schüler? Wieso trugen sie die Stiefel hinein und wieder hinaus? B war ein Rätsel für mich.

Während Polly sich also täglich fragte, wozu die Felsbrocken wohl da seien, bereitete es mir Vergnügen, mir nebenan ein Gesicht vorzustellen, das sich an dem einen Tag vor dem Spiegel rasierte und am anderen die Lippen schminkte.

Wir stöckelten an den Brocken vorbei, die drei Stockwerke hinunter, durch die Eingangstür auf die Straße. Das *Orion* lag nur fünf Minuten entfernt, und wir hatten uns von

Anfang an auf eine Regel geeinigt. Wir wollten keine schiefen Blicke mehr riskieren, kein Getuschel oder gar Hausverbot. Polly sollte nicht reden. Was auch geschah: Polly würde den Mund halten und mich reden lassen.

Wir stießen die Tür auf und betraten die Bar. Es war eine Saloontür, die zischend auf- und zuschwang. Wir hatten schon unserem Stammplatz. Es war ein Zweiertisch in unmittelbarer Nähe zum Klavier.

Jeden Samstag saß dieselbe Frau am Klavier. Von den Rufen der Barbesucher wussten wir inzwischen, dass sie Gudrun hieß. Sie trug gewagte Kleider, die viel Bein zeigten und ihre Hüften und Oberweite betonten. Sie sah verlebt aus, ihre Schönheit war aufgebraucht, zerschlissen, aber ihr Mund war stets in einem heftigen Rot geschminkt, und die Augen hatte sie mit Kajal so umrandet, dass es aussah, als würde sie einen aus schwarzen Fensterrahmen anschauen. Immer nach drei Songs stand sie auf, ging an die Bar und zündete sich eine dünne, dunkle Zigarette an, die sie stehend rauchte. Jetzt stand sie noch gegen das Klavier gelehnt und nippte an einem Drink in einem schlanken Glas. Sie war fantastisch. Sie hatte den selbstbewussten, abgerissenen Charme der ganzen Gegend.

Der Typ hinter der Bar gefiel mir nicht. Er hieß Paul und war offenbar der Chef hier, und selbst wenn er alle Hände voll zu tun hatte, Bier auszuschenken, ließ er Gudrun nicht aus den Augen. In seinem Kopf schien eine Uhr zu ticken, denn obwohl es gerade mal fünf vor acht war, ließ er ihr nicht mal die Zeit für den Drink. Er kam ans Klavier, nahm ihr das Glas aus der Hand und machte eine unmissverständliche Geste hin zum Klavierhocker.

Ich sah, wie Gudrun zu einer Antwort ansetzte, es dann aber doch sein ließ. Sie schaute ins Publikum, ihr Blick blieb an uns hängen, sie lächelte und setzte sich. Dann klappte sie den Deckel hoch und fing an. Über dem Klavier hing eine Diskokugel. Sie drehte sich langsam und warf winzige, farbige Lichtstücke über die Tische und Gläser.

Nach einer Weile schob Polly mir einen Zettel hin. Ich musste schon grinsen, bevor ich wusste, was da stand. Polly kommentierte wieder einmal Gudruns Kleiderfarbe. Denn obwohl ihre Kleider raffiniert geschnitten waren und wie eine zweite Haut saßen, war die Farbe immer scheußlich. Auch heute. In diesem pampigen Dunkelbraun hätte jedenfalls niemand gut ausgesehen, nicht einmal Keira Knightley, die wahrscheinlich auch einen Scheuerlappen tragen konnte, ohne ihre Elfenhaftigkeit zu verlieren.

Ich warf unauffällig einen Blick auf den Zettel. *Und hier ein weiteres Stück aus der Erfolgsserie „Blinde Designer" – Modell: Soße. – Jetzt mal im Ernst, diese Farbe steht doch höchstens einem Schweinebraten. Gudrun sollte Rot tragen!*

Gudrun spielte und begann dann zu singen. *Cry Me a River* von Ella Fitzgerald, sie fing immer mit diesem Lied an. Fing an, den Raum mit ihrer verrauchten, traurigen Stimme zu füllen, nein, nicht nur den Raum, sondern diesen ganzen, großen Abend, der durch die Fenster hereinströmte, uns, einfach alles. *Now you say you're lonely …* Hin und wieder sah sie auf, sah zu unserem Tisch, als würden wir uns kennen, als wären wir Freunde. *Now you say you love me … and just to prove you do … come on and cry me a river … I cried a river over you …* Wir saßen jeden Samstag bis nach Mitternacht dort, nippten an unseren Drinks, lauschten und funkelten, während um uns herum die Bar vibrierte.

～

„Also, ihr kennt mich ja jetzt schon von den letzten Stunden", begann ich.

Ich versuchte, selbstsicher und locker zu wirken. Nicht *zu* locker, nicht *zu* selbstsicher, rief ich mir die *Ratschläge für die erste Unterrichtsstunde* ins Gedächtnis.

Vor mir saßen dieselben fünfundzwanzig Fünfzehnjährigen, bei denen ich seit Wochen hospitierte. Sie beobachteten mich ganz genau. Jens Klare lehnte locker am Lehrertisch und verströmte den Duft intensiver Zahnpflege und eines Aftershaves, das man auch als Raumspray verwenden könnte. Er sah so aus wie immer: als würde er gleich fotografiert werden. Er war der Einzige in diesem Raum, der lächelte. Es beruhigte mich ganz und gar nicht.

„Ab heute werde ich euch unterrichten."

Kenan verdrehte die Augen, stöhnte laut und legte den Kopf demonstrativ auf den Tisch. „Bald haben wir nur noch Weiber an der Schule!"

„Na na, Kenan", sagte Klare, dann stieß er sich vom Tisch ab und lief durch das Klassenzimmer nach hinten. „Macht mir keine Schande!" Sein Schritt war federnd, als wollte er gleich lossprinten. Automatisch warf ich einen Blick auf seine Schuhe. Sneakers von Nike. Natürlich. „Ich zähl auf euch, Leute!" Dann setzte er sich auf den Platz ganz hinten, auf dem ich bisher gesessen hatte.

Ich atmete durch, und im Geist dankte ich Polly dafür, dass sie mich heute Morgen davor bewahrt hatte, das auffällige Hippiekleid anzuziehen. An dem würde ich jetzt herumzupfen, was alles nur verschlimmert hätte.

‚Du musst was tragen, in dem du dich wohl fühlst‘, hatte sie gesagt, mir das Kleid aus der Hand genommen und stattdessen Jeans und einen schlichten roten Pullover rausgesucht. ‚Wenn dir das zu lahm ist, dann zieh das dazu an.‘

Sie zauberte etwas Funkelndes aus ihrer Schublade und warf es mir zu. ‚Ich nenne diese Kreation *Am Puls der Zeit*.‘ Ich fing es auf.

‚Mensch, das ist ja … ein Traum!‘, rief ich, als ich sah, was ich in der Hand hielt.

‚Echt? Mist! Es sollte eigentlich ein Gürtel werden!‘

Aber was für einer! Sie hatte auf meinen alten Ledergürtel all die Uhren genäht, die sie bei Humana gekauft hatte.

Als ich jetzt vor dieser Klasse stand, die mich so herzlich in Empfang nahm wie ein Gefrierschrank, war ich froh, den Gürtel um mich zu spüren. Er erinnerte mich daran, dass es jemanden gab, der mich mochte und an mich glaubte.

„Wir fangen mit …“

„Wie alt sind Sie denn eigentlich?“, unterbrach mich ein langer, pickliger Junge, der so bleich aussah, als würde er im Keller wohnen und nie Gemüse essen.

„Älter als du. Jünger als der Papst.“

Keine Reaktion. War das überhaupt p.c. gewesen? Vielleicht hätte ich Allah sagen müssen, schließlich trug die Hälfte der Mädchen ein Kopftuch.

„Ich …“ Ich räusperte mich. „Wir fangen mal mit der Vorstellung an. Wer ich bin, wisst ihr ja. Aber mich würde interessieren …“ Ich kam langsam in Schwung. „… was ihr gern mal im Musikunterricht machen würdet. Wer fängt an?“

Keiner sagte etwas. Die Schüler sahen so aus, als wollten sie vor Langweile am liebsten zu Staub zerfallen. Innerlich gab ich mir eine Ohrfeige. Ich hätte den ersten Schüler in der ersten Reihe aufrufen sollen und dann alle anderen, nacheinander weg. Das Schweigen zog sich. Kein guter Start. Ich wollt gerade irgendeinen aufrufen, da meldete sich das Mädchen mit dem mausblonden Haar. Ich hätte sie dafür umarmen können.

„Yvette", sagte sie. „Ich heiße Yvette Steinmann." Ihre Stimme war ganz leise. Wie ein Windchen. „Und ... na ja ... ich würde es gut finden, wenn wir in Musik mal was ... Modernes singen würden. Nicht immer so –"

Kenan unterbrach lautstark: „Was soll'n für dich modern sein – die Kelly-Family?" Alles lachte. „Du hast doch von Musik keine Ahnung!"

Yvette zog sofort den Kopf ein und sah auf die Tischplatte.

„Gut", sagte ich, ging vom Lehrertisch zum Klavier, setzte mich auf den Hocker und sagte: „Dann kommen wir jetzt zu dir, Kenan. Spielst du vielleicht noch irgendein anderes Instrument außer Axt?"

Kenan wehrte sich und rief das Gleiche wie immer: „Ich werd ja wohl noch was sagen dürfen."

„Sicher", sagte ich. „Wenn die andere fertig ist mit Sprechen." Ich klappte den Klavierdeckel hoch.

Kenan stöhnte: „Oh nee, jetzt kommt Volksmusik ..."

Ich achtete gar nicht darauf, sondern wendete mich wieder an Yvette. „Meintest du vielleicht so was?"

Ich ließ die Finger über die Tasten gleiten, ohne eine nach unten zu drücken, nahm die Hände jäh von den Tasten und klopfte stattdessen mit den Knöcheln gegen den aufgeklappten Deckel. Ich klopfte einen schnellen, harten Rhythmus und sang: „Nana nana nana naaa, nana nana na naaaa."

Seit Tagen hörte Polly dieses Ding auf dem Laptop rauf und runter.

Ein bis zwei sahen irritiert hoch, erkannten offenbar etwas wieder, konnten es aber nicht gleich einordnen. Doch als ich begann: „I got a brand new attitude … and I'm gonna wear it tonight … I'm gonna get in trouble … I wanna start a fight!", fingen Yvette und die anderen Mädels an zu grinsen. Und als ich dann endlich in die Tasten griff und auf den Refrain zutrieb, merkte ich, dass die Jungs meinen Klopfrhythmus übernommen hatten, dass sie ihn auf die Tischplatten hämmerten, dass sogar Kenan mitmachte, während die Mädels gemeinsam mit mir in den Refrain stürzten: „So what! I'm still a rock star! I got my rock moves! And I don't neeeeed you!"

Ich hatte Glück. Sie mochten *Pink*.

~

Am nächsten Tag war der Winter vorbei. Es war Samstag, und Polly riss alle Fenster auf. Es war nicht lau, es war schwül. Diese drückende Wärme, die nur entsteht, wenn das Wetter sich zu schnell ändert.

Wir standen am Fenster, hielten die Arme hinaus, sahen den Möwen zu, die wild umherflogen. Draußen, am Hafen spielten ein paar Kinder. Sie warfen Steine ins Wasser, schlugen mit langen Stöcken auf die Oberfläche und riefen sich etwas zu. Wir überlegten gerade, ebenfalls rauszugehen und einen Spaziergang zu machen, an den Hebekränen vorbei, mit der Nase in dieser Frühlingsluft, als plötzlich die Zeit anhielt.

Nichts bewegte sich. Nicht die Bäume, nicht die Büsche vorm Haus. Die Möwen waren weg, keine Ente war mehr auf dem Wasser zu sehen. Und die Luft – stand. Nur die Kids waren weiter in ihr Spiel vertieft und schienen nichts zu merken. Und dann war es, als würde nicht mehr die Sonne, sondern ein riesiger Scheinwerfer die Szenerie beleuchten.

Wir sahen nach oben. Der Himmel war weiß, unnatürlich weiß, er krachte einem in die Augen. Über diesen Himmel fetzten Wolken und explodierten. Hier war noch nichts davon zu spüren, aber dort oben tobte ein Sturm. Wolken, die aussahen, als würden sie kochen. Sie brannten von innen und hatten harte, schwarze Ränder. Mit einem Schlag wurde es dunkler, und ein eisiger Wind zog ins Zimmer. Gänsehaut kroch meine nackten Arme hoch.

Als Polly das Fenster schließen wollte, passierte es: Ein Windstoß riss es ihr aus der Hand, es knallte gegen die Wand, ein Blitz zuckte über den Himmel, ewig lang und fein verästelt, und die Elektrizität schien greifbar, sie durchknisterte die Luft – die Härchen auf meinen Armen stellten sich auf. Nicht einmal eine Sekunde später krachte es draußen, und fast zeitgleich knallte etwas in unserer Wohnung. Dann war es dunkel.

~

Polly stand vor dem Fernseher, der plötzlich still war, drückte auf die Knöpfe, ging zum Radio, drückte dort, ging dann zum Laptop, zum Kühlschrank, und nachdem sie ihre Runde beendet hatte, drehte sie sich zu mir um und sagte: „Ich glaube, wir haben ein Problem, Mila. Wir sind gegen alles versichert, aber nicht gegen Überschwemmung, Schneedruck und … drei mal darfst du raten."

„Blitzschlag", sagte ich.

„Exakt."

Genau in diesem Moment setzte der Sturm für einen Herzschlag aus, und wir hörten den Schrei. Wir stürzten zum Fenster. Am Hafen bewegte sich etwas, da waren immer noch die Kids, aber dann sah ich nichts mehr, denn es pladderte vom Himmel, und der Sturm ging dazwischen und verwischte alles.

Polly aber musste etwas Bestimmtes gesehen haben, denn sie brüllte plötzlich auf und stürzte ohne Erklärung aus der Wohnung. Ich rannte hinterher und hatte Mühe, Schritt zu halten. Sie flog geradezu die Treppen hinab, stürzte aus dem Haus, rannte über die Straße zum Hafen, schrie dabei, schrie sich die Lunge aus dem Leib. Und dann sah ich es endlich auch.

~

Sie waren zu viert. Drei waren etwa zwölf Jahre alt, der vierte war älter und größer. Er war der Anführer.

„Das können sie nicht machen!", schrie Polly und rannte durch den Sturm. Sie war klatschnass, die Haare hingen ihr im Gesicht. „Diese Schweine. Feige Säcke! Alle auf einen! – Die bringen ihn um, Mila. Die wollen ihn wirklich umbringen!"

Und dann sah ich, wen Polly meinte. Zum ersten Mal sah ich Vincent.

~

Sie hatten ihn ins Hafenbecken geworfen. Dort schwamm er hilflos herum, während der Regen das Wasser peitschte. Sobald er versuchte, ans Ufer zu kommen, stachen sie mit Stöcken nach ihm, warfen Steine und trieben ihn zurück in die schwarze Brühe. Er schrie um sein Leben, aber niemand war draußen bei dem Wetter.

Ihnen machte der Regen nichts aus. Das Adrenalin wärmte sie. In einem kurzen Moment, als der Sturm Atem schöpfte, um dann aufs Neue auszuholen, hörten wir sie brüllen: „Rechts! Er versucht, nach rechts zu entwischen!", „Los, treib ihn zurück! Schlag ihn aufs Ohr", „Ich glaub, er wird schon langsamer …", während Vincent schrie und den Stöcken auszuweichen versuchte und irgendwann nicht mehr schrie, sondern einfach nur noch schwamm, sich über Wasser zu halten versuchte.

Polly rannte wie eine Irre. Ich sah, wie die vier sich umdrehten. Und dann setzte mein Herz einen Schlag aus. Ich wollte Polly rufen, sie zurückrufen, aber der Sturm riss mir die Worte vom Mund.

Der Älteste war Kenan.

~

Als sie Polly sahen, fingen sie an zu lachen. Dann stellten sie sich in eine Reihe, bildeten eine Mauer. Sie taten es ohne besondere Eile. Polly, das sah ich ihren Gesichtern an, stellte keine Gefahr für sie dar, eher eine willkommene Abwechslung. Kenan schrie: „Na los, komm schon!", machte eine obszöne Geste und zog dann ein Klappmesser aus der Hosentasche. Ein Messer!

Polly wurde nicht langsamer. Genau wie vorher preschte sie ihnen mit fliegenden Armen entgegen. Und als sie nicht einmal den Büschen auswich, sondern einfach hindurchbrach, als ihr Heulen sich plötzlich zu etwas *Seltsamem* steigerte, etwas nie Gehörtem, etwas, das selbst mir ins Mark fuhr, ein einziger langgezogener Laut, mit nichts zu vergleichen – kam plötzlich eine Unsicherheit zwischen den Peinigern auf.

Und als Polly nur noch fünf Meter entfernt war, begann ihre Mauer zu zittern. Erst ein bisschen, dann immer mehr, und schließlich zerfiel sie in ihre vier Bestandteile. Die drei Jüngeren spritzten als Erstes weg. Kenan stand noch eine halbe Sekunde mit dem Klappmesser allein da, dann drehte auch er ab und rannte. Rannte wie die anderen. Rannte, als wäre der Teufel hinter ihm her.

~

Nachdem wir vom Arzt gekommen waren, setzte sich Polly zu Vincent. „Hab keine Angst", sagte sie. „Es ist vorbei. Alles ist gut."

Vincent hockte verbunden auf dem Sofa, eine Decke um sich herum, und schaute Polly an. Er schwieg. Seine Schweigsamkeit hatte etwas Absolutes. Er war wie eine fest verschlossene Tür. Aber er lauschte ihr. Er lauschte nicht, wie man aus Höflichkeit lauscht. Er lauschte konzentriert, fast leidenschaftlich. Er lauschte, als hätte er sein Leben auf diese Worte gewartet. Auf Polly.

Ich ließ den Blick verstohlen über ihn gehen, denn er reagierte verängstigt auf direktes Anschauen. Sobald ich die Hand hob, duckte er sich, war bereit, aufzuspringen und wegzulaufen. Er sah dürr aus, der Blick war verwässert. Ich wollte mir nicht vorstellen, was ihm alles geschehen war. Der Grad seiner Verwahrlosung verriet, dass er schon lange, vielleicht schon immer, auf der Straße lebte.

Polly hob den Blick und sagte: „Er bleibt erst mal hier, Mila."

~

Ein neuer Laptop kostete mindestens fünfhundert Euro. Hinzu kamen mein Telefon, das im Aufladegerät gesteckt hatte, als der Blitz einschlug, der Fernseher, das Radio, der Kühlschrank, die Waschmaschine, der Drucker, der Scanner und der Router fürs Internet. Bis auf den Kühlschrank waren es alles Sachen von mir.

Ich musste die Miete von meinem Gehalt zahlen, eine Monatsfahrkarte, die Haushaltskosten für Polly und mich, Medikamente für Vincent, Nebenkosten, Versicherungen und so weiter. Außerdem musste ich noch die Rate für den alten Laptop abzahlen, der jetzt kaputt war. Als ich die Zusage für Mannheim bekommen hatte, hatte ich mir aus Übermut ein unverschämt teures Gerät gekauft. Ich war mir sicher gewesen, dass ich es mit meinem Gehalt leicht abzahlen konnte. Einen Totalausfall unserer ganzen Habe hatte ich natürlich nicht vorhergesehen.

Wir brauchten Geld. Präziser: Ich brauchte einen Nebenjob.

～

Wir hatten also plötzlich ein Geldproblem, aber das hielt uns nicht davon ab, am diesem Samstag trotzdem ins *Orion* zu gehen. Es war wichtig, sagte ich mir. Ich konnte nicht auch noch auf unsere einzige Ablenkung verzichten. Das ging schon Polly zuliebe nicht. Sie freute sich so aufs *Orion*.

„Können wir ihn wirklich allein lassen?", fragte ich Polly. „Was, wenn er die Bude auf den Kopf stellt?"

„Sieht er so aus, als könnte er das?"

Vincent lag auf dem Sofa und atmete ganz leise. „Nicht wirklich", sagte ich.

An diesem Abend verzichtete ich auf Make-up und auffallende Sachen. Mir war nicht danach. Nicht nach so einem Tag. Ich zog Jeans an. Eine unspektakuläre Bluse dazu. Als ich schon an der Tür stand, bereit zum Losgehen, kramte Polly in ihren Nähsachen und kam mit einem Tuch zu mir – schwarz mit Silberpailletten. Sie band es mir um die Hüften.

„So siehst du nicht ganz so fad aus", sagte sie.

Das Tuch war wunderschön. Sie musste all die Stunden, die sie allein mit Vincent in der Wohnung war, während ich unterrichtete, in Fach- oder Seminarsitzungen saß oder an meiner Seminarschule lernte, dafür genutzt haben, Hunderte Pailletten für mich auf dieses Tuch zu nähen.

Als wir in die Bar kamen, merkten wir es gleich. Irgendetwas stimmte nicht. Paul, der Barkeeper, war noch schlechter gelaunt als sonst. Er sah angestrengt aus, wischte sich immer wieder mit dem Gläsertuch über das verschwitzte Gesicht. Und dann fiel es mir auf: Gudrun war nicht da. Weder stand sie am Klavier und trank ihren obligatorischen Drink, noch war sie an der Bar und rauchte.

Ich ging zum Tresen und orderte die Drinks. Paul schüttelte den Shaker so heftig, als wollte er das Getränk besinnungslos schütteln. Hinter uns rief jemand: „Was is'n mit der Musik heute? Wo bleibt Gudrun?"

„Die hat sich freigenommen", zischte Paul.

„Jeder braucht mal Urlaub, was?" Der Typ trank sein Bier aus, stellte das Glas auf den Tresen, bemerkte mich und sagte: „Im *Red Cat* nebenan gibt's auch Musik. Kommst du mit, Kleine?" Ich schüttelte lächelnd den Kopf und sah ihm nach, wie er durch die Bar zum Ausgang strebte. Dabei rief er in alle Richtungen: „Gudrun kommt heut nicht. Hat frei!"

Da war Polly plötzlich an meiner Seite und zeigte zu Paul. Er telefonierte.

„... ist mir egal, Schätzchen, dass du es mir schon heute Morgen gesagt hast. Du versaust mir *jetzt gerade* die

Abendeinnahmen. Die Leute rennen in Scharen ins *Red Cat* und füllen dem alten Sack die Kassen!" Er redete so laut, dass mir der Mund offen stand. Mit seinem Anfall trieb er die Leute ja erst recht auf die Straße. „Na und? Ist es etwa *mein* Problem, dass dein Balg krank ist? Seit heute Morgen hast du Zeit gehabt, einen Babysitter zu besorgen! Das wird doch nicht so schwer sein! … Fieber, Fieber – wenn ich das schon höre! Wer Fieber hat, schläft umso besser …" Seine Stimme kippte über. Die Leute ließen die halbvollen Gläser stehen, schüttelten die Köpfe und gaben sich keine Mühe, beim Rausgehen die ausschlagende Saloontür abzubremsen. „Nein, *du* hörst jetzt mal zu. Es steht mir schon lange so Einiges bis zum Hals. Zum Beispiel, dass du nach jedem dritten Lied eine durchziehen musst. Ich bezahl dich nicht fürs Quarzen!" Er umklammerte das Handy so fest, dass die Adern an seinem Handrücken heraustraten. „Pass auf, Mädchen, du bewegst dich sowieso auf dünnem Eis. Du schwenkst jetzt deinen Arsch hierher …" Es sah aus, als wollte er das Handy zerquetschen, „… und wenn du nicht in einer halben Stunde hier bist oder mir bis dahin einen Ersatz besorgt hast, ist die Sache erledigt, klar? Dann war's das für dich! Ich hab …"

Ich sah nicht mehr, was er mit dem Handy anstellte. Polly hatte mich schon von der Bar weggeschoben, durch die hinausdrängenden Leute, zu unserem Tisch, wo ich die Drinks abstellte, und als ich mich setzen wollte, gab sie mir einen Stoß und ich stolperte vorwärts, bis ich fast ans Klavier stieß.

„Jetzt mach schon", zischte Polly. Als ich mich setzte und den Deckel hochklappte, sah ich, dass ein paar Leute stehen blieben und sich interessiert umdrehten.

~

„Now you say you're lonely ... you cried the whole night through ..." Ich spielte leise, viel zu leise. Ich drückte die Tasten kaum runter. Und meine Stimme kam zu schwach, ich flüsterte. Ich hatte noch nie öffentlich gesungen.

Ich fühlte mich wie früher, als ich dreizehn war und vor allen Schülern ein Gedicht aufsagen sollte. Ich sah hilfesuchend zu Polly. Sie ließ die Hand wild durch die Luft kreisen, feuerte mich an.

Und da ließ ich meine Angst einfach los. Ich hatte nichts zu verlieren. Es ging nicht um mich. Es ging um Gudrun. „Noooooow you say you're sorry ...", sang ich lauter, löste endlich den Blick von den Tasten und sah mein Publikum an, „... for being so untrue ... cry me a river ... cry me a river ..." Meine Stimme war nicht so rau wie die von Gudrun, aber sie hatte etwas Dämmriges. Die Gespräche wurden leiser, die Leute setzten sich wieder, und die an der Bar standen, drehten sich um. Paul stierte mich von hinter seinem Tresen aus an. Auf seiner Stirn stand eine scharfe Falte. Die Diskokugel drehte sich langsam über mir, ließ das Licht wie scharf geschnittenes Konfetti herabrieseln, brach Pauls Gesicht in winzige Stücke. „You drove me, nearly drove me out of my head ... while you never shed a tear ... I cried a river over you."

~

Manchmal hörten wir B duschen. Manchmal hörten wir, wie ein Stuhl gerückt wurde oder wie der Teekessel drüben pfiff. Und immer wieder hörten wir die Türklingel. Wir hörten, wie B dann durch die Wohnung ging, um auf den

Summer zu drücken. Und dann kamen Schritte die Treppe hoch.

Während Polly auf dem Sessel sitzen blieb und die Bündchen meiner alten Jacke mit Leder verstärkte und aufpeppte, stand ich von meiner Unterrichtsvorbereitung auf und schlich zum Spion.

„Sie ist fünfzehn, würde ich sagen, vielleicht sechzehn", flüsterte ich. „Vielleicht gibt B Musikunterricht?"

„Klar", sagte Polly. „Und was für ein Instrument soll das sein? Luftgitarre?"

Das stimmte natürlich. Von nebenan war nie etwas zu hören. Bis auf das Radio, das immer nach einer Weile anging.

„Dann eben Nachhilfe", sagte ich. „Ob man damit eigentlich mehr verdient als die acht fünfzig pro Stunde, die Paul mir zahlt?"

Ich hatte, um Gudrun zu entlasten, samstags und sonntags je vier Stunden übernommen. Ich hatte jetzt einen Nebenjob.

~

Vincent hing an Polly. Er hing an ihr mit jeder Faser. Jetzt glaube ich sogar, dass Polly für ihn der einzige Mensch war, dem er vertraute. Ich war nicht eifersüchtig. Ich war glücklich. Polly hatte nie Freunde gehabt.

Während andere Leute zusammenzuckten, wenn ich mit Polly irgendwo auftauchte, schien Vincent nur bei ihr seine Angst zu verlieren. Und er hatte oft Angst. In den ersten Tagen schlief er kaum. Er zitterte, wenn ich ihn ansprach, zitterte, wenn ich durchs Zimmer ging. Beobachtete mich. Angespannt und wachsam. Nachts saß er wach oder lief durchs Zimmer. Hin und her. Ich hörte seine leisen Schritte.

Tagsüber zuckte er bei jedem Geräusch zusammen. Wenn an Bs Tür die Klingel ging und wieder einmal Besuch kam. Wenn dann das Radio nebenan ansprang. Er zuckte auch zusammen, wenn ich mit den Töpfen klapperte.

Nur Polly konnte Krach machen, soviel sie wollte. Sie konnte durch die Wohnung trampeln, sie konnte die Schranktüren zuschlagen, sie konnte laut und falsch singen – er verfolgte all ihre Bewegungen vom Sofa aus, die Augen halb geschlossen, irgendwie selig. Abends, wenn die auf dem Fensterbrett aufgereihten Teelichter angezündet waren und die kleinen Flammen in der Heizungsluft tanzten, während Polly rote Perlen auf eine Tasche nähte, setzte er sich auf ein Kissen am Boden, zu ihren Füßen.

Ich dachte lange, dass Vincent deshalb so an ihr hing, weil sie ihn befreit hatte. Zwar hatten wir beide ihn aus dem Wasser gezogen, doch es war Polly gewesen, Pollys grandiose Selbstüberschätzung und ihr wutroter Sinn für Gerechtigkeit, der ihm das Leben gerettet hatte. Heute glaube ich jedoch, dass er sie auch vorgezogen hätte, wenn ich selbst ihn verteidigt hätte.

Weil er Polly eben mehr mochte. So einfach war das. Er mochte ihre schüchterne und zugleich furchtlose Art. Ihr flog sein Herz zu. Nicht mir. Von ihr ließ er sich beruhigen, schloss sogar die Augen, wenn sie mit ihm sprach.

Nur seine Ohren zuckten. Und die Barthaare zitterten ganz leicht. Und dann – nach einer Weile – fing er an zu schnurren.

~

Wir bekamen B nicht zu Gesicht. Am Anfang war es wirklich nur Zufall gewesen, es hatte sich einfach nie ergeben. Aber später dann achtete ich bewusst darauf, ihr oder ihm nicht in die Arme zu laufen. Wenn ich dabei war, die Wohnung zu verlassen und hörte, wie B ebenfalls die Wohnung verließ, blieb ich wie angewurzelt stehen und wartete. Wartete, bis B die Treppe hinabgestiegen war und die Haustür ins Schloss fiel. Erst dann öffnete ich meine Tür.

Ich weiß nicht genau, warum ich das tat. Ich glaube, ich wollte mir einfach das Geheimnis bewahren. Das gelang mir auch. Bis zu dem Tag in der Straßenbahn.

Ich war am Wasserturm zugestiegen, zusammen mit einem Schwung anderer Leute. Eine Frau mit einem Kind an der einen Hand, einem schwarzen Labrador an der anderen und mehreren Tüten quetschte sich neben mir noch in den Wagen hinein. Das Kind heulte und war offenbar fest entschlossen, sich auf den Boden zu werfen, sobald die Frau es loslassen lassen würde. Sie fummelte am Entwerter herum. Ich wollte ihr helfen, als ich plötzlich Bine sitzen sah. Bine in ihren zart zerrissenen Sachen, mit schwarz geschminkten Lippen und geschnürten Stiefeln. Ich drängelte mich zu ihr durch.

„Hi", sagte ich lächelnd, als ich neben ihr stand. Bines Hund sah zu mir hoch, und ich streichelte ihm kurz über den Kopf.

„Hi, cool!", rief Bine und grinste mich an. „Wie geht's dir?

„Hab mich schon ganz gut eingelebt", sagte ich. Dann gab ich mir einen Ruck. „Wenn du Lust hast, komm doch mal ins *Orion*. Ich ... na ja ... ich mach da am Samstag immer die ..."

„Nein", rief Bine plötzlich und sprang hoch. „Aus, Donna! Aus!" Der schwarze Labrador war auf die Beagle-Dame zugestürzt. Donna sprang begeistert auf ihn zu. Die Leine schleifte neben ihr. „Sie ist läufig", brüllte Bine und versuchte dazwischenzugehen. „Nehmt den Hund weg!"

Die Frau mit dem Kind versuchte, sich durchzudrängeln. „Bei Fuß, Shakespeare!", rief sie. „Shakespeare, komm her!" Aber Shakespeare dachte überhaupt nicht daran. Die Hunde bellten ohrenbetäubend, wälzten sich auf dem Boden, verbissen sich spielerisch ineinander. Bine griff immer wieder dazwischen, bekam Donnas Leine aber nicht zu fassen.

Als die Bahn hielt, schob sie den Labrador mit dem Fuß zur Seite, schnappte sich Donna und stürmte raus. Geistesgegenwärtig griff ich nach Shakespeares Leine, sonst wäre er einfach hinterher gesprungen. Dann war die Frau bei mir, nahm mir die Leine ab und entschuldigte sich hundertmal.

Ich sah mich um, suchte einen Platz und setzte mich neben einen jungen Mann. Ich schaute aus dem Fenster, versuchte noch einen Blick auf Bine zu erhaschen, aber sie war schon weg.

Als ich plötzlich den Kopf meines Sitznachbarn an der Schulter spürte, dachte ich noch, dass er einfach nur eingeschlafen war. Doch dann sah ich, wie grau sein Gesicht war. Er presste die Hände auf Brust und Hals, und während er auf mich zurutschte, starrte er mich mit weit aufgerissenen Augen an.

Ich hatte mein Handy schon draußen. „Es wird alles gut", sagte ich panisch, während ich 112 drückte. „Es wird alles gut, Herr Flössow."

Seine gelben Gummistiefel quietschten, als er mir vollends auf den Schoß rutschte.

~

„Anaphylaktischer Schock", sagte der Arzt. „Die Blutgefäße erweitern sich, dadurch fällt der Blutdruck extrem ab,
der Puls verflacht, und lebenswichtige Organe werden nur
noch schlecht durchblutet. Das kann zum Organschock
führen. Die Betroffenen werden bewusstlos. Ohne Hilfe
stirbt man daran."

„Oh … mein … Gott", brachte ich nur hervor.

„Bei dem Riesenwirbel, den Sie beschrieben haben, müssen die Haare nur so geflogen sein. – Er darf nicht in Kontakt mit Tierhaaren kommen."

Ich war im Krankenwagen mitgefahren. B. Flössow war
nicht mehr grau, sondern blau gewesen. Sie hatten ihm noch
im Wagen ein hochkonzentriertes antiallergisches Mittel in
die Vene gespritzt. Als er wieder zu sich gekommen war,
hatte er nach meiner Hand gegriffen und sie festgehalten.

„Ihr Freund verdankt Ihnen sein Leben."

~

Paul mochte mich nicht.

Als ich für Gudrun eingesprungen war, hatte er mich
nach drei Liedern zur Rede gestellt.

„Was soll das?"

„Ich bin eine Freundin von Gudrun", sagte ich. „Ich ver-
trete sie."

„Wieso hab ich das Gefühl, dass du mich verarschst?"

Ich zuckte nur mit der Schulter und stimmte *Summer-
time* an. Kaum, dass die ersten Takte erklangen, fingen die
Umstehenden an zu klatschen und mitzusummen. Paul verschwand wieder hinter der Bar.

Um Mitternacht zählte er mir das Geld aus: „Acht fünfzig die Stunde, mehr gibt's nicht. – Kannst du die Samstag- und Sonntagabende übernehmen? Von acht bis Mitternacht?"

Ich nickte. Da sah er mich abschätzend an. „Bist du eigentlich alt genug dafür?"

„Ich bin dreiundzwanzig", sagte ich und zählte das Geld nach. „Alt genug, um zu wissen, dass hier acht fünfzig für die erste Stunde fehlen."

„Du hast halb neun angefangen, nicht um acht", schnaubte Paul.

„Vier fünfundzwanzig", sagte ich und hielt die Hand auf.

„Hör zu", sagte er und zählte mir das Geld in die Handfläche, „ich hasse es, wenn jemand denkt, er könnte mich verarschen. Das kannst du auch deiner Freundin Gudrun ausrichten. Billige Musiker gibt's in dieser Stadt wie Sand am Meer!"

„Und Berufsnörgler nur hier", sagte ich, steckte das Geld in die Hosentasche und ging zur Saloontür. Ich ließ die Hüften schwingen, wie auch Gudrun es immer getan hatte. Die tausend Pailletten an dem Tuch um meine Hüften glitzerten. Ich spürte, wie Paul mir nachsah. Und da verstand ich plötzlich, warum Gudrun sexy Kleider in abgrundtief hässlichen Farbtönen trug. Warum sie nach jedem dritten Song aufstand, um langsam und mit wiegendem Schritt an die Bar zu gehen und eine zu rauchen: Nach jedem dritten Song machte sie Paul klar, dass er zwar alles hatte – einen eigenen Laden, jede Menge Geld und die Macht, uns respektlos zu behandeln –, aber eines würde er nie besitzen: ihre Hüften. Denn die waren nicht käuflich. Die Kleider waren aufreizend, aber der Farbton war hässlich. Hässlich wie seine Gier. Gudrun erinnerte ihn daran. Jeden Abend.

Ich hielt Polly die Tür auf, dann ging ich selbst hindurch. Als ich die Tür losließ, schwang sie so heftig auf und zu, dass es klang, als würde eine Peitsche durch die Luft zischen.

~

Seit ich Flössow das Leben gerettet hatte, ging ich ihm weniger aus dem Weg. Wir begegneten uns am Briefkasten, im Supermarkt, auf der Treppe. Wir grüßten einander, aber über das, was passiert war, sprachen wir nicht.

Auch jetzt bekam er weiterhin Besuch. Zweimal in der Woche klingelte es an seiner Tür, jemand trat ein, nahm die Gummistiefel mit und kam nach einer Weile wieder raus.

„Irgendwas stimmt da nicht", sagte Polly eines Tages, als ich ihr das Mädchen vom Spion aus beschrieb. „Hat sie 'ne Tasche bei sich?"

„Ja", sagte ich. „Eine große Hello-Kitty-Tasche."

Vincent strich durchs Zimmer, ging dann zu Polly und stemmte schnurrend seinen Kopf gegen ihre Wade. „Ich sag dir, da läuft was ganz Mieses. Irgendein linkes Ding", sagte sie und zog das Bein weg. Vincent sah zu Polly hoch. Sie nähte gerade ein Halsband für ihn. „Wahrscheinlich schleppen die Mädels geklautes Zeug ran. MP3-Player, Handys", sagte sie. „Er versorgt sie mit dem nötigen Kleingeld und vertickt das Zeug dann im Internet. Mit Gewinn, versteht sich. – Na los, jetzt spring schon hoch", sagte sie und klopfte auf den Platz neben sich. Vincent sprang, schmiegte sich an Pollys Arm und begann sich dann zu putzen.

~

Sie sah mich nicht, strebte von der Tür direkt zur Bar, bestellte etwas Grünes, was sie dann im Stehen trank, ohne abzusetzen. Dann zog sie einen Barhocker näher, setzte sich und bestellte sich noch so einen Drink. Polly, die meinem Blick gefolgt war, betrachtete Yvette neugierig.

Ich hetzte einen halben Takt zu schnell durch den Song. Yvette sah nur auf die Flaschen hinter der Bar, sie drehte sich nicht um, aber sie würde es garantiert gleich tun.

Und dann? Was würde Yvette denken, wenn sie mich hier sah? Ihre Lehrerin. In einer Kaschemme und in einem ziemlich engen Kleid. Würde sie das Gleiche denken, was Polly und ich am Anfang von Gudrun gedacht hatten?

Oder war es gar nicht das, was mich nervös machte? Ich beendete den Song, sagte leise *Merci* ins Mikro, stand auf und ging zu Gudrun, die heute als Gast in der Bar saß. Ich bat sie, kurz zu übernehmen, und ging zu Polly.

„Ich glaube, sie lässt sich volllaufen", sagte Polly leise. Dass sie trotz unserer Abmachung sprach, merkte ich kaum. Ich ging hinüber zur Bar und legte Yvette die Hand auf die Schulter.

Sie fuhr sofort herum, als wäre meine Hand elektrisch oder als hätte sie jemanden erwartet, jemand Bestimmtes, doch als sie mich sah, ließ sie die bereits erhobene Hand wieder sinken und atmete auf. Sie griff nach ihrem Glas, trank und sagte dann: „Frau Helmholz, was machen Sie denn hier?"

„Das wollte ich dich fragen", sagte ich. Ich nahm ihr das Glas aus der Hand.

„He", sagte Yvette, und endlich kam etwas Leben in sie. Von ihrem Lippenstift waren nur noch die Ränder zu sehen, ihr Lidstrich war viel zu hart. Er erdrückte ihre Augen. Sie sah aus wie jemand, der ein neues Gesicht anprobiert und noch nicht gemerkt hatte, dass es nicht passte. Ich schnupperte an dem Drink, der süßlich nach Kiwi roch. Und nach Rum. Ich stellte das Glas zurück auf die Bar und sagte: „Du bist fünfzehn. Das hier darfst du gar nicht trinken!"

Da tat sie das Letzte, was ich erwartet hatte: Sie beugte sich zu mir, legte den Kopf an meine Schulter und fing an zu weinen.

~

Ich zog Yvette vom Hocker, damit die Umstehenden uns nicht so angafften, und führte sie zu Pollys und meinem Tisch. Polly sah Yvette sofort mitfühlend an und legte ihr die Hand auf den Arm. Sie hielt sich jetzt aber an die Regel und sprach nicht. Yvette sah Polly an, lächelte. Doch dann sank sie in sich zusammen und schluchzte heftig.

Paul stand plötzlich an unserem Tisch. Noch ehe ich es verhindern konnte, platzte Polly heraus: „Das Mädchen braucht einen heißen Kakao."

Ich biss mir vor Schreck auf die Zunge, aber Paul war mit etwas ganz anderem beschäftigt.

„Warum spielst du nicht?", blaffte er mich an.

„Ich hab gerade eine Stunde mit Gudrun getauscht."

„Wann hier Stunden getauscht werden, bestimme ich, nicht ihr!" Dann warf er einen kurzen Blick auf Yvette und wendete sich wieder zu mir. „Deine Privatgeschichten kannst du zu Hause klären! Hier ist kein Hühnerstall, sondern dein Arbeitsplatz. Wer ist das überhaupt – deine Mitschülerin?" Offenbar hatte er mir von Anfang an nicht geglaubt, als ich gesagt hatte, ich wäre dreiundzwanzig.

„Das ist meine Lehrerin", sagte Yvette plötzlich. Sie hatte den Kopf gehoben und schaute Paul angriffslustig an. So einen Blick hatte ich bisher noch nie an ihr gesehen.

„Wie, Lehrerin?", fragte Paul und sah auf mich, als hätte Yvette gerade erklärt, ich wäre Michael Jackson. „Machst du Witze?"

„Nein", sagte ich nur.

„Ich hab hier die ganze Zeit 'ne verdammte Paukerin sitzen?", rief Paul. „In *meiner* Bar?"

Daraufhin war es still. Gudrun hatte den Song beendet.

Da lächelte er die Parodie eines Lächelns. Es sah aus, als wären seine Mundwinkel eingerostet, als täte es weh. Dann hörte ich ein kleines, kaltes Lachen, und ich wusste, dass ich gefeuert war.

~

Der Jungbusch sei eine rohe Gegend, hatte mich Polly am Anfang aufgeklärt. Riskant. Zumindest in den Straßen, wo keine Laternen brannten. Dort solle man nicht unbedingt allein laufen. Vor allem nicht nachts. Vor allem nicht als Frau.

Ich hatte eigentlich nie gedacht, dass etwas passieren könnte.

Erst Yvette hat mich davon überzeugt. Yvette mit ihren unentschieden langen Haaren, von denen sie mir vor wenigen Tagen in der Schule gesagt hatte, dass sie sie grün getönt habe, die aber trotzdem nur mausblond aussahen. Mit ihrer weichen, immer etwas atemlosen Stimme.

Was mochte Yvette gedacht haben, als ich am nächsten Tag nicht mehr zur Schule kam? Als ich einfach so über Nacht verschwand? Ohne mich von ihr zu verabschieden. Ohne mich von *irgendwem* zu verabschieden.

Bevor Yvette mir alles erklärt hatte, zeigte sie mir den Inhalt ihrer Tasche: ein Faschingskostüm, ein weißes Kittelkleid mit einem großen, roten Kreuz auf der Brust.

„Wozu brauchst du das?", fragte ich. Sie machte die Tasche wieder zu und drückte so heftig auf die Schließe dabei, dass ich dachte, sie würde abbrechen.

„Jetzt brauch ich es nicht mehr", sagte sie. „Es ist … alles ist zu spät. Scheiße!" Sie warf die Tasche mit voller Wucht auf den Boden, hielt sich die Hände vors Gesicht. Sie schwamm in Tränen. Polly schob ihr behutsam ein Taschentuch hin. „Ich versteh einfach nicht, wieso Sie freiwillig hierher gezogen sind!", sagte Yvette. „Hier ist es schrecklich."

„Aber wieso? Ich wollte nicht mehr da wohnen, wo ich herkomme. Hier gefällt es mir."

„Es ist schrecklich", wiederholte sie. Mir war nicht klar, ob sie mich überhaupt gehört hatte. „Hier sind Leute, die sind echt brutal." Und dann fing sie wieder an zu weinen. „Ich hab was ganz Blödes gemacht, Frau Helmholz", sagte sie schluchzend. „Was ganz schrecklich Blödes. Was *Furchtbares*. – Ich bin erledigt. Morgen bin ich erledigt", flüsterte sie. „Ich geh nicht nach Hause, ich will nicht mehr leben."

In jenem Moment wusste ich es noch nicht. Nicht mit hundertprozentiger Sicherheit. Ich wusste noch nicht, dass Yvette recht hatte und dass es im Jungbusch tatsächlich brutale Menschen gab. Ich konnte es in jenem Moment auch noch nicht wissen.

Weil ich so ein Mensch war.

~

„Ich hab ihn bei *SchülerVZ* kennengelernt", fing sie an. „Er hatte mich angeschrieben, hat mir gesagt, dass er mich cool findet, hat mir Songs geschickt."

Ich vermutete eine Liebesgeschichte.

„Und du fühltest dich geschmeichelt", sagte ich, um Yvette zum Weiterreden zu ermutigen.

„Ja, weil ... weil ..." Sie sah mich nicht mehr an, sah wieder auf die Tischplatte.

„Weil er sich nicht lustig über dich gemacht hat wie die anderen. Weil er zugehört hat. Er war der Einzige, der wissen wollte, was du denkst. Was du fühlst."

Yvette sah auf.

„Keinem hab ich je erzählt, dass ich Lieder schreibe. Nur ihm", flüsterte sie. „Lieder mit Text. Auf Englisch. Ihm hab ich's verraten. – Den Leuten aus meiner Klasse kann ich das nicht sagen. Sie würden sich noch mehr lustig machen."

„Aber er", sagte ich vorsichtig, „hat nicht gelacht, oder? Er ... er hat dich gefragt, ob du ihm was vorsingst?"

„Spielst", sagte sie. „Ich spiele ja Gitarre dazu. – Aber wieso wissen Sie das alles?"

Da setzte Polly schon zum Sprechen an, aber ich gab ihr unter dem Tisch einen Tritt. Yvette sah mich fragend an. Ich sagte nur: „Ich weiß es ja gar nicht."

„Es stimmt aber. Ich hab ihm was vorgespielt."

„Per Telefon?"

„Webcam", sagte Yvette. „Und er war begeistert! Er hat geschrieben, die Songs wären Spitze. Ich hätte eine wahnsinnig schöne Stimme. Und Ausstrahlung." Sie sah mich an, verzweifelt, die Augen verdunkelt von der Frage, die so viele Mädchen beschäftigte: *Findest du mich langweilig?*

Ich sah Yvette an und hatte plötzlich so eine seltsame Ahnung.

Sie war gut in den Klassenarbeiten, hielt sich im Unterricht aber vollkommen im Hintergrund. Ein gefühlsbetontes Mädchen, das schnell weinte und sich hinter einer fast schon schmerzhaften Schüchternheit verbarg.

„Und dann hat er gesagt, du solltest dir vielleicht mal die Haare grün färben – das würde noch cooler aussehen", versuchte ich es.

Yvette griff sich ins Haar und sagte: „Ich hab sie ja nur getönt. Aber meine Mutter war ... sie war total wütend. Ausgerastet ist die. Ich musste mir das Haar dreimal waschen. Aber ..." Sie nahm eine Strähne hielt sie sich vor die Augen, „... ein bisschen Grün ist drin geblieben."

„Und dann?"

„Ich hab's ihm über die Webcam gezeigt. Und er hat geschrieben, dass ich ... dass ich wunderschön aussehe. *Punkig*, hat er geschrieben. Punkig und ... sexy." Sie legte wieder die Hände vors Gesicht. Saß lange so da. Ihre Schultern bebten. Polly legte ihr die Hand ins Haar, streichelte es. Yvette sah hoch, sah Polly ins Gesicht. Sie sagte: „Ich hab ihm geschrieben, dass ich ihn auch mal sehen will. Dass er mir über die Webcam zeigen soll, wie er aussieht."

„Wie – du hattest ihn noch nie ...", rief Polly entrüstet, und ich bekam einen Hustenanfall, überhustete Pollys Stimme, keuchte und brachte Yvette dazu, mir auf den Rücken zu schlagen, und so dachte sie wahrscheinlich, sie hätte sich verhört.

„Du hattest ihn noch nie gesehen?", übernahm ich dann Pollys Satz.

Yvette schüttelte den Kopf. „Er hatte die Webcam nie an."

„Und das kam dir nicht komisch vor?"

„Ich weiß, das klingt blöd", sagte Yvette leise, „aber ... nein. Es war alles irgendwie ... logisch. Er meinte zum

Beispiel, Aussehen wäre nicht wichtig. Jedenfalls nicht das Wichtigste. Und bei ihm würden die Mädchen immer nur sein Gesicht anschauen, weil er so gut aussieht. Sie rennen ihm hinterher, schrieb er, aber interessieren würde sich keine für ihn, nur für sein Gesicht. – Und das … das kannte ich ja irgendwie. Nur andersrum. Er meinte, wir würden uns bald treffen, aber vorher sollten wir uns einfach noch ein bisschen besser kennenlernen. – Und dann sagte er …"
Sie sah hoch. Tränen schimmerten in ihren Augen, doch als sie der Tasche unterm Tisch einen heftigen Tritt versetzte, wusste ich, dass es Wuttränen waren, „… und dann sagte er, dass er glaubt, er hat sich verliebt."

~

Ich sah alles vor mir. Ich sah dieses dünne, verlegene Mädchen zu Hause vor dem Computer sitzen, sah sie Gitarre spielen, sah sie sich die Haare grün tönen, um ihm zu zeigen, dass sie schön war. Ich sah, wie sie ihre Augen schminkte. Den blassen Mund. Wie sie ihr Gesicht für ihn entzündete.

Ich sah, wie sie die Webcam einstellte, damit er auch ihren Hals sehen konnte, und wie sie sich etwas umband. Zuerst versuchte sie es mit einem dünnen Lederband, das sie sich extra für diese Gelegenheit an einem Stand gekauft hatte. Und dann machte sie es wieder ab, weil sie sich komisch damit vorkam und nahm stattdessen eine Kette mit einem silbernen Anhänger. Der Anhänger war ein kleines L. L für Love, aber das konnte er wahrscheinlich gar nicht sehen.

Ich sah vor mir, wie Yvette errötete, als er ihr schrieb, dass er sich in sie verliebt hatte. Ob sie etwas Ähnliches fühlen würde. Wie sie dann nervös zurückschrieb: *Ich weiß nicht ... vielleicht ... ja, ein bisschen.* Und er dann fragte, ob sie sich ihm auch mal im BH zeigen würde.

„Und du hast es gemacht?", fragte ich.

„Ja, ich hab den BH sogar abgemacht", sagte Yvette. Sie war plötzlich schneeweiß. Ich fragte mich, ob das vom Alkohol kam, aber sie wirkte nicht betrunken. Sie war so blass, dass ihr Mund konturenlos in ihr Gesicht überzugehen schien.

„Was ist passiert?", flüsterte ich.

„Ich hab ... *Sachen* gemacht, um die er mich gebeten hat. Vor der Webcam. Er hat mich die ganze Zeit bewundert, mir gesagt, wie schön ich wäre. Ich hab sogar für ihn getanzt. Ohne BH. Das ging ein paar Tage so. – Dann wollte ich es nicht mehr. Ich weiß nicht, warum. Ich kam mir auf einmal blöd vor." Sie sah mich wieder so an. Wieder mit diesem Blick, verdunkelt von einer Frage.

„Und dann?"

„Er war ... er ..." Sie zerpflückte den Bierdeckel in winzige Pappfetzen und starrte zur Bar. Die Augen weit geöffnet, der Blick leer. „Er war plötzlich ganz anders. Kalt. Er schrieb, ich solle zu ihm kommen. Und wenn ich nicht machen würde, was er will, würde er bei *facebook* und bei *SchülerVZ* ein neues Profil unter meinem Namen einrichten und ... und ... die Videos reinstellen."

„Dieser Scheißkerl", sagte ich. „Du hast es getan, oder?" In mir war alles ganz kalt vor Wut. Wut auf diesen Idioten, Wut auf Paul, der Gudrun und mich wie Abtreter behandelte, Wut darauf, dass das alles schon so normal war.

„Ich bin zu ihm," sagte Yvette. „Ich hatte eine Wahnsinnsangst, dass er die Videos online stellt."

Wie groß muss so eine Angst sein, dachte ich, wenn man es sogar in Kauf nimmt, zu einem möglichen Psychopathen in die Wohnung zu gehen.

„Wenn meine Eltern oder Mitschüler die Videos sehen …“ Sie starrte mich an. Ihre Augen waren riesig und leer. Ein Gesicht wie ein aufgegebenes Haus. Ich nahm ihre Hand. Sie war eiskalt. „… dann bin ich erledigt.“

„Was wollte er von dir?“, fragte ich. „Wie alt war er? Weißt du seinen Namen?“

„Er war alt“, sagte sie langsam. Mit diesem Gesicht. Zwischen den Worten knickte ihr die Stimme weg, sie stolperte von Satz zu Satz. „Dreißig … mindestens. Er wollte immer dasselbe. Es war … schrecklich. Er saß auf einem Stuhl in der Mitte des Raums. Er wollte … dass ich seine Hände mit einer Wäscheleine hinter dem Rücken zusammenbinde. Die Beine an die Stuhlbeine. Dass ich ihn … fest umwickle. Und dann … sollte ich um ihn herumgehen und ihn beschimpfen. Je ekliger, desto besser. Vorher musste ich … immer das Radio anmachen, damit die Nachbarn nichts hören. Wenn ich ihn lange genug beschimpft hatte … musste ich … ich musste ihn anfassen.“ Sie legte ihren Kopf an Pollys Schulter, die sofort die Arme um sie schlang und sie hin- und herwiegte.

„Und dieser Kittel da in deiner Tasche?“, fragte ich.

„Den musste ich anziehen. Und schreckliche Gummistiefel dazu …“

Pollys Kopf zuckte hoch. Sie sah mich erregt an.

„Gummistiefel? Waren die gelb?“, fragte ich. „Mit einem orangen Rand?“

Yvette schluchzte nur.

„Warst du heute auch bei ihm?“

„Ich komme ja gerade von ihm. Ich … ich hab ihn festgebunden wie immer, aber als ich wieder das Teil anziehen sollte …“ Sie zeigte auf die Tasche und gab ihr wieder einen Tritt, „… es ging einfach nicht. Ich konnte nicht. Ich bin …

weggerannt. Ich hab ihn nicht losgebunden, aber ich hab die Tür ein bisschen aufgelassen, damit er Hilfe rufen kann."

„Standen neben der Wohnungstür solche künstlichen Felsbrocken?"

Yvette machte sich von Polly los, schnäuzte sich und sah uns erstaunt an. „Ja, woher wissen Sie das?"

Die wichtigsten Momente im Leben geben sich nur selten zu erkennen. Sie verlaufen still, eingebettet in die Minuten davor und danach, sie stechen in keiner Weise hervor, und doch sind es jene Momente, in denen man, oft ohne es selbst zu wissen, Entscheidungen trifft, die das ganze Leben verändern können.

„Ich kenne diesen Menschen", sagte ich. Ich musste mich anstrengen, dass meine Stimme nicht zu Eis gefror. „Pass auf, Yvette", sagte ich. „Du gehst jetzt nach Hause. Er wird kein Video von dir ins Netz stellen. Das verspreche ich dir. Er schuldet mir einen Gefallen. Mehr als das. Geh nach Hause, ja? Morgen in der Pause sag ich dir, wie es weitergeht."

Sie wischte sich über die roten Augen. „Sind Sie sicher?", fragte sie. Ihr Blick war ungläubig, aber wach, hellwach. Sie sah mich an, als wäre ich ein Stein, der plötzlich zu blühen angefangen hätte.

„Ganz sicher", sagte ich. „Geh nach Hause."

~

Als Yvette weg war, sprangen wir auf. Es war keine Zeit mehr zu verlieren.

„Mila?", rief Gudrun uns hinterher, aber wir waren schon weg.

„Schneller!", trieb Polly mich auf der Straße an.

Wir rannten auf unseren hohen Schuhen über den Asphalt. Als wir ins Blechhaus stürmten, war im ersten Stock wieder laut Musik zu hören. Bine machte mal wieder eine Party. Es hallte durchs ganze Haus. Wir stürmten die Treppen hoch und rannten in unserer Etage auf die linke Tür zu. Die gelben Gummistiefel standen nicht mehr da. Die Tür war nur angelehnt. Genau wie Yvette gesagt hatte.

„Halt, noch nicht!", sagte Polly, als ich die Tür aufdrücken wollte. Sie schloss unsere Wohnung auf und ließ die Tür angelehnt, für den Fall, dass wir schnell nach drüben flüchten müssten.

Und dann schoben wir ganz langsam die Tür zu Flössows Wohnung auf.

~

Zuerst hörten wir das Radio. Eine flippige Männerstimme gab die Verkehrsmeldungen und die Blitzer durch. Dann das Jingle. *Radio Regenbogen*. Musik.

Wir schoben die Tür etwas weiter auf. Ganz vorsichtig. Mein Blick fiel auf den ersten Stiefel. Er stand ganz vorn. Der zweite lag im Wohnzimmer. Am anderen Ende des Zimmers lag Flössow mitsamt dem Stuhl auf dem Boden. Irgendwas tat er mit seinen hinter dem Rücken verbundenen Händen.

„Herr Flössow?"

Er erstarrte. „Wer ist das?" Die Frage kam so schrill wie ein Alarmsignal.

„Ich bin's. Ihre Nachbarin. Ich hab gesehen, dass die Tür aufstand …" Ich kam langsam näher. An seinem Hals sah ich, wie er erst tiefrot wurde, dann blass. Gräulich blass.

Wie Recycling-Toilettenpapier. Ich sah die Ader an seiner Schläfe pulsieren.

Yvette hatte ganze Arbeit geleistet. Er war fest verschnürt. Die roten Stellen auf seinen nackten Beinen verrieten, dass er versucht haben musste, die Leine mit bloßer Muskelkraft zu zerreißen. Als dieser Versuch gescheitert war, musste er sich rutschend zum Küchenschrank bewegt haben, um …

Mein Blick flog zum geöffneten Besteckkasten. Zurück zu Flössow auf dem Boden. Und dann sah ich das Messer in seinen Händen. Er musste herangerutscht, das Messer mit den Zähnen aus dem Kasten geholt, es auf den Boden fallen lassen und sich dann selbst seitwärts abgekippt haben, um es mit den Fingern zu erreichen.

Ich kam um ihn herum, sah ihn an. Ich versuchte, erschrocken und mitleidig auszusehen. „Warten Sie, ich helfe Ihnen."

Ich ging vor ihm in die Hocke, griff nach dem Messer, und für einen winzigen Moment schien es, als wollte er nicht loslassen. Dann aber gab er nach. Ich legte das Messer auf den Küchentisch und hievte den Stuhl zusammen mit Polly wieder hoch, dass er aufrecht saß.

„Sieht ganz so aus, als wären Sie meine Lebensretterin vom Dienst. Ich … bin überfallen worden!", sagte er. „Sie waren zu dritt. Haben Geld gesucht. — Schneiden Sie mich bloß los, ich kann meine linke Hand schon nicht mehr spüren."

„Ja, natürlich, sofort", sagte ich, ging zum Küchentisch und sah mich dabei im Raum um. „Eins muss man denen aber lassen. Es waren ordentliche Diebe, oder? Nicht mal einen Schrank haben sie aufgerissen!"

„Ich hab ihnen lieber gleich gesagt, wo das Geld ist. Die sahen gefährlich aus."

„Und bescheiden waren sie auch", sagte Polly, die etwas auf dem Arbeitstisch entdeckt hatte. „Sogar den Laptop haben sie stehen lassen!"

Keine Antwort. Ich spürte seinen Blick. Der Blick hatte sich verändert, als Polly zu sprechen anfing. Er war wachsam geworden. Misstrauisch.

„Ich mach Sie gleich los", sagte ich beruhigend. „Ich muss nur vorher eine kleine Sache erledigen."

Wir gingen zum Arbeitstisch. Nichts Verdächtiges. Keine Fotos, kein pornografisches Material. Dann fiel mein Blick auf die Pinnwand.

Und da waren sie. Alle.

~

Ich las die ersten drei.

Kelly, 16, sehr dick, lebt bei ihrer Mutter, schreibt Tagebuch und heimlich Gedichte

Jenna, 16, Madonna-Fan, neu in der Stadt, starke Brille, will ins Ausland gehen / Brasilien und Menschen helfen, schöne Figur, hässliches Gesicht

Ben, 15, Schwächling, gut in der Schule, will Comiczeichner werden, steht auf Formel 1

Dann kam sie.

Yvette, 15, keine Stimme, kein Gesicht, keine Figur, nichtssagend, will Menschen mit ihren Songs begeistern

Dann kamen sechs weitere Mädchen und ein Junge.

„Was soll das?", rief er schrill. „Was schnüffeln Sie da rum! Binden Sie mich los!"

Ich hörte ein scharrendes Geräusch hinter mir, drehte mich aber nicht um. Ich hielt mich an der Schreibtischkante fest. Sehr fest.

„Er hat es mit allen gemacht", sagte Polly.

Er hatte sie ausgefragt, ihre Stärken und Schwächen, ihre Träume und Ängste gesammelt, sie zusammengefegt wie Dreck, um sie ihnen dann in die Augen zu werfen. Er hatte sie alle blind gemacht, und alle hatten sie ihm vertraut.

Polly riss alle Steckbriefe von der Pinnwand, zerschnipselte sie und warf sie aus dem Fenster. Einen Moment trieben die Schnipsel ruhig in der Luft, dann riss ein Wind sie jäh auseinander und in die Höhe. Polly reichte mir die Gießkanne, und ich klappte den Laptop auf und ertränkte ihn. Langsam und gründlich.

„Und jetzt", sagte ich und griff nach dem Telefon, „... rufen wir die Polizei."

„Mila! Pass auf!" Eine Bewegung direkt hinter mir ließ mich herumfahren. „Mila!", schrie Polly wieder, da war das Messer schon in meinen Oberarm gefahren und wieder draußen.

„Das wirst du nicht!", zischte er. Er war zwar immer noch an den Stuhl gefesselt, aber irgendwie war es ihm gelungen, das Messer vom Tisch in seine Hände zu bekommen. Hatte die Hände befreit. Hätte Polly mich nicht zur Seite gerissen, hätte er meine Nieren getroffen.

„Ich mach dich fertig!", sagte er. „Das war erst der Anfang."

Ich spürte keinen Schmerz.

„Ich hab Ihnen das Leben gerettet", flüsterte ich. Und fuhr mit der Hand über meinen Arm. Die Hand war voller Blut. Es tropfte auf den Boden.

Über sein Gesicht glitt ein Lächeln. Dünn wie ein haarfeiner Schnitt.

Da hörte ich ein Jammern von der Türschwelle.

„Vincent!", rief Polly. „Verschwinde hier!" Doch er kam herein und presste sich zitternd an Pollys Bein. Witterte. Er witterte das Adrenalin und die Erniedrigung, die jede Pore dieser Wohnung zweimal in der Woche aufgesogen haben musste.

„Ich hab Ihnen das Leben gerettet", sagte ich noch einmal. Ich sah zu Polly, dann zu Vincent, der einen Buckel machte und Flössow anfauchte. Alles war plötzlich wie in Sirup getaucht. Die Zeit schien dickflüssig, jeder Gedanke zog sich ins Unendliche. Polly und ich tauschten einen Blick.

„Aber Sie verdienen es nicht!", sagte Polly, hob Vincent an ihr Gesicht und gab ihm einen Kuss auf die Schnauze. „Ich komme wieder", sagte sie.

Wir verließen die Wohnung ohne Vincent. Wir schlossen sie von außen ab. Wir schoben die Felsbrocken vor die Tür.

„Hol das verdammte Vieh raus", schrie Flössow, „Hol es raus, du Schlampe, du verdammte ..."

Die Musik von Bines Party hallte durchs ganze Haus und ich schloss die Augen und hörte die Stimme des Arztes. *Die Blutgefäße erweitern sich, dadurch fällt der Blutdruck ab ...* Ich presste die Fäuste an die Schläfen, presste, so fest ich konnte.

Unheilig sang. Seine gekünstelte Stimme hallte durch die Etagen, brachte das Blech zum Schwingen ... *war'n geboren um zu leben, mit den Wundern jener Zeit ...* Die Musik und das Gekreische überdeckten Flössows Stimme, überdeckten alles. *Der Puls verflacht*, redete der Arzt in meinem Kopf, während Polly mir ein Handtuch brachte, das ich auf die Wunde drückte. *Organe werden nicht mehr durchblutet.* Polly

warf Sachen in unseren Koffer. Bines Wohnungstür unten
ging auf und zu, auf und zu, ich hörte Gelächter, hörte *Unheilig* immer weiter und weiter singen … *war'n geboren um
zu leben, für den einen Augenblick, bei dem jeder von uns spürte,
wie wertvoll Leben ist …*

Dann war es still bei Flössow.

~

„Vincent?", flüsterte Polly durch den Türspalt, „Vincent?"

Fast in derselben Sekunde war er da, kam durch den Türspalt, rannte Polly in die Arme, schmiegte sich an sie, und
während sie sie ihn hochnahm und beruhigend auf ihn ein-
redete, miaute er und miaute. Ich schloss die Tür wieder
leise, drehte den Schlüssel im Schloss herum und schob den
Felsen zurück.

„Jetzt können wir", sagte Polly.

~

„Sie haben echtes Glück gehabt", sagte der Arzt, der meinen Arm behandelte und verband. „Es hätten lebenswichtige Gefäße und Nerven getroffen werden können. Das
Messer hat wie durch ein Wunder nur die Muskulatur getroffen. Wie genau ist das passiert? Sie wissen, dass ich das
fragen muss?"

Ich nickte und ratterte, wie schon bei der Schwester in
der Notaufnahme, die Geschichte von der missglückten
Kochparty herunter, von der Freundin, die das Messer un-
glücklich gehalten hatte, als ich mit Schwung auf sie zuge-
laufen war.

Er sah mich aufmerksam an.

„Als Arzt bin ich bei Stichverletzungen verpflichtet, Ihre Personalien aufzunehmen."

Ich kramte in meiner Tasche und hielt ihm meinen Ausweis hin.

Als ich das Krankenhaus verließ, steckte ich einen Brief in den Kasten an der Eingangstür. Auf dem Umschlag stand: *Für Dr. Jäger.* Morgen früh würde der Kasten geleert werden. *In der Wohnung 3/01, Hafenstraße 3, liegt ein Toter. Es ist B. Flössow. Ich habe ihn umgebracht. Milana Helmholz*

Dann rollte ich mit dem Koffer nach draußen. Bis morgen wären wir weit weg. Vielleicht in Koblenz. Oder in Hamburg. Polly, Vincent und ich.

Es war schon spät. Die Nacht war angebrochen. Eine sich ausbreitende Lache Dunkelheit. Wir würden den nächsten Zug nehmen.

Wir mussten morgen unbedingt zum Friseur. Die langen Haare mussten ab. Ab morgen würden sie uns suchen.

IV Irrtum

Fünf Jahre zuvor

Die Postbotin hatte etwas in den Briefkasten geworfen. Ich hatte es genau gesehen!

Ich stieß mich vom Fenster ab, rannte aus dem Zimmer die Treppe hinunter, nahm gleich mehrere Stufen auf einmal, flog durch den Korridor, schnappte mir den Briefkastenschlüssel an der Wand, bevor Ina es tat, und sprintete nach draußen.

Faber Lotto — Sie gewinnen immer!

Es ist Urlaubszeit! Fünf Tage Schwarzwald, vier Tage bezahlen!

Irgendwas von der Bank.

Und da, da war er! Der Brief von Ole Jansson! Ich stopfte die Werbung wieder in den Kasten, lief ins Haus, hängte den Schlüssel zurück und rannte wieder hinaus. Ich musste zu Polly!

Noch ehe ich aus dem Gartentor war, steckte Ina den Kopf aus dem Fenster und rief: „Wo willst du denn jetzt schon wieder hin?"

Das geht dich gar nichts an, dachte ich und tat einfach so, als hätte ich sie nicht gehört.

„Mila!"

Ich blieb stehen. „Ich geh kurz noch mal weg", sagte ich.

„Um zwölf gibt's Essen!"

Als ob ich das nicht wüsste. Es hätte ein Meteorit auf dem Hof landen, die Fußballweltmeisterschaft auf unserem Sportplatz stattfinden, es hätte auch Frösche regnen können – Punkt zwölf würde trotzdem das Essen auf dem Tisch stehen. Das war so sicher wie die Erbsensuppe am Montag, der Hering am Freitag und der Braten am Sonntag.

„Schon klar", rief ich und ging davon, bevor sie noch auf die Idee käme, dass ich ihr beim Abwaschen helfen könnte.

Noch drei Monate, dann würde ich endlich weg sein von hier. Für immer. Als ich die Zusage für das Lehramtsstudium bekommen hatte, hatte ich geglaubt, dass mir diese letzten Monate leichter fallen würden. Aber das Gegenteil war passiert. Jeder Tag schien sich plötzlich endlos zu ziehen.

„Sau dich nicht wieder so ein!"

„Ich bin achtzehn, Ina, keine drei!"

Wenn alles gut lief, wenn dieser Brief von Ole Jansson das enthielt, was ich erhoffte, war ich nicht erst in drei Monaten, sondern schon in fünf Tagen weg.

~

Den Winter über hatte Polly bei mir übernachtet, aber seit die Tage wärmer geworden waren, blieb sie wieder draußen. Ihre Laube am Weiher war von Schnee- und anhaltenden Regenfällen zerstört worden, deshalb war sie tiefer in den Wald gezogen, hatte einen alten, nicht mehr genutzten Hochsitz ausgebessert und mit Ästen getarnt.

Man musste genau wissen, wo man suchen musste. Ich sprintete die Forstwege entlang, bis ich vor dem Versteck stand. „Polly!", rief ich nach oben. Ich atmete heftig, hielt mir die Seiten. „Polly!"

Nichts. Die Bäume ließen ihre Kronen schwanken, ein leiser Luftzug brachte die Farne zum Tänzeln, die Sonne zitterte auf den Stämmen. Vögel kreischten. Doch dann raschelte es plötzlich über mir, Zweige wurden beiseite geschoben, und Pollys Kopf schaute heraus. Sie sah verschlafen aus.

„Was'n los?", fragte sie und gähnte.

„Post!", rief ich aufgeregt und winkte mit dem Brief.

Da kletterte sie die Leiter herunter. Unten reckte sie sich, rieb sich die Augen. „Ich könnt'n Kaffee vertragen", sagte sie. „Ich hab die halbe Nacht wach gelegen und auf die Hirsche gewartet." Sie setzte sich neben mich auf den Waldboden. „Na los", sagte sie, „zeig her."

Ich riss den Umschlag auf, dann lasen wir, was Ole Jansson geschrieben hatte. Als ich den Brief wieder zusammenfaltete, sagte Polly: „Sieht so aus, als wäre das unser erster gemeinsamer Urlaub!"

~

Wir hatten die Anzeige die Woche zuvor entdeckt. In der Zeitung. Eigentlich war ich auf der Suche nach einem Ferienjob gewesen. Nicht, weil ich Geld brauchte – ich hatte ein bisschen was von Ma geerbt, das würde fürs Studium reichen –, sondern weil ich möglichst weit von Carsten und Ina weg sein wollte. Seit ich das Abi in der Tasche hatte – seit einem Monat –, hatte ich frei. Aber frei, das hieß, dass ich von morgens bis abends mit Ina und Carsten zusammen sein musste. Es hieß, mit Ina in der Küche zu stehen und bis zu den Ellbogen in einer Schüssel Hackfleisch zu hängen, Fleischfladen zu braten und sie zu Burgern weiterzuverarbeiten. *Mexican Burger* mit Tacosauce, *Oriental Burger* mit Kreuzkümmel und Zimt und *Burger der Woche*. Es hieß, mit Carsten den Saal auszufegen und die Klos zu putzen. Es stand mir bis zum Hals. Lieber wollte ich irgendwo an einem Fließband Etiketten auf Gurkengläser kleben.

Ich hatte die Anzeigen überflogen: Callcenter, Callcenter, Pizzafahrer, Begleitservice, Prospektverteiler, wieder Callcenter ...

Wenn man auf der Suche nach etwas Bestimmtem ist, geraten einem die Dinge am Wegrand oft aus dem Blick. Pollys Finger aber flog auf die Anzeige zu, die nicht dahingehörte. Weil es kein wirklicher „Job" war. Es war eher so etwas wie … ein Geschenk.

> Dringend zuverlässige Person für Haushütung
> und Gartenpflege in Schweden gesucht.
> Juli/August. Kost und Unterkunft frei.

Wenn ich gewusst hätte, was passieren würde, wenn ich auch nur die leiseste Ahnung gehabt hätte, dass wir dabei waren, in ein Unglück hineinzuschlittern, hätte ich Pollys Fingerzeig ignoriert und hätte die nächsten Wochen, ohne zu murren, die Klos vom *Anker* geschrubbt, stundenlang, mit Klorix und nackten Händen, bis mir die Finger geblutet hätten.

~

„So weit kommt's noch!", sagte Ina beim Mittagessen. „Du allein in Schweden!" Wir saßen draußen im Biergarten am Stammtisch, damit Ina im Blick hatte, ob ein Gast kam.

„Da ist doch nichts dabei", sagte ich. Dass ich gar nicht allein fahren wollte, verriet ich natürlich nicht.

„Na ja", sagte Carsten zu Ina, „irgendwie versteh ich sie. Es hat was, einfach so ins Blaue hinauszufahren. Weißt du nicht mehr, diese Motorradtour, wo wir uns kennengelernt haben? Drei Wochen Amerika! Wir haben nie gewusst, wo wir am Abend pennen."

„Damals war das anders", sagte Ina. „Außerdem waren wir zu acht."

„Also, das Einzige, was ich seltsam finde, ist, dass der sein Haus für lau überlässt", sagte Carsten. „Da stinkt doch was …"

„Es ist ja nicht umsonst", sagte ich. „Ich passe schließlich auf das Haus auf, damit keiner einbricht und so. Ich gieße den Garten. Außerdem ...", und jetzt spielte ich meinen Trumpf aus, „... außerdem wollt ihr doch immer, dass ich selbstständig werde."

Ina zögerte kurz. Dann sagte sie: „Mitten im Sommergeschäft geht das aber nicht. Da bleibt die ganze Arbeit an mir hängen. Jetzt ist Ferienzeit, du weißt, was das heißt!"

„Stell doch Jenny ein. Die sucht nach 'nem Ferienjob."

„Ich weiß nicht ..."

~

Vorräte seien genug im Haus, hatte Ole Jansson geschrieben, und im Garten solle ich ernten, was da wüchse. Der Schlüssel sei in der Kiepe vor der Hintertür, unter dem Holz.

Das alles klang nach etwas Urwüchsigem, nach etwas, was nicht angemalt, mit Leuchtmitteln und kleinen Flaggen versehen war; es klang nach etwas, was ich vermisste, von dem ich aber nicht gemerkt hatte, wann genau es verloren gegangen war.

Der Brief war lang, aber er wirkte irgendwie gehetzt, wie in letzter Minute geschrieben. Er hatte auch eine Karte mitgeschickt, und auf einem Extrazettel fand ich die Wegbeschreibung, die Telefonnummer und die Adresse des Hauses. Der Name des Ortes, Nästeviken, war unterstrichen und in sauberer Druckschrift geschrieben, als wollte er hundertprozentig sichergehen, dass ich ihn auch fände.

In der Nacht vor unserer Abreise ging Polly nicht zurück in den Wald, sondern blieb bei mir. Unten dröhnte Diskomusik. Ich hörte, wie unzählige Leute aus den Nachbardör fern mit Motorrädern, Mopeds und Fahrrädern angefahren kamen, wie Autotüren zuflogen, wie sie sich lauthals begrüßten. Garantiert waren auch welche aus meiner Abiklasse dabei.

Ina stand jetzt am Einlass, kassierte Eintritt und kontrollierte die Taschen, während Carsten alle Hände voll damit zu tun hatte, literweise Bier auszuschenken. Ich hätte eigentlich auch dort unten sein müssen. Am Einlass zu stehen, war meine Aufgabe, während Ina sonst die Gläser einsammelte und abwusch. Aber das machte Jenny heute. Ich musste am nächsten Morgen sehr zeitig aufstehen.

Während also die drei da unten wirbelten, lagen Polly und ich in meinem Zimmer auf dem Boden, die Karte vor uns ausgebreitet, und studierten den Weg zum Dorf. Hin und wieder stand ich auf und stopfte noch etwas in meinen schon prall gepackten Rucksack.

~

Der Wind war frisch wie Pfefferminze, der Himmel hell und vibrierend. Die Fähre hieß *Stena Line* und hatte sogar ein Casino an Bord. Jetzt schien sie das Meer aufzureißen. Jeder Meter, den wir durchpflügen, dachte ich, ist ein Meter näher an Schweden. Ich musste die ganze Zeit aufpassen, vor Freude nicht einfach loszukreischen. Es war nicht zu fassen! Noch einmal kniff ich mich in den Arm, um mich zu vergewissern, dass es wirklich stimmte: Ich saß nicht in der Küche bei Ina, musste mir nicht ihr stumpfsinniges Gequatsche anhören, während ich stundenlang Paprika, Tomaten, Zwiebeln und Gurken für die Burger klein schnitt. Ich war auch nicht mit Carsten im Hof, um ihm dabei zu helfen, das Garagentor zu streichen. Diese blöde

Garage war seine neueste Idee gewesen. Sie bot Platz für zwei Autos oder vier Motorräder und war für die Urlauber gedacht, die in den beiden neu errichteten „Fremdenzimmern" übernachteten. Eins davon war Mas ehemaliges Zimmer. Ina hatte es gelb gestrichen und Kiefernmöbel hineingestellt. Nein, es war noch nicht einmal ganz Mittag, aber ich stand schon mit Polly an Deck, wir beugten uns weit über die Reling, und ich ließ meine Hand mit dem ausgestreckten Mittelfinger in die Richtung fliegen, wo ich Schönewalde vermutete. Ich war sie los! Ich war sie endlich, endlich los!

In Malmö nahmen wir einen Bus. Ich hatte so etwas noch nie gemacht, ich war noch nie weiter weg gewesen, außer zu Klassenfahrten. Carsten und Ina hatten ständig versucht, mich zum Wegfahren zu animieren, Ina hatte davon geredet, dass ich ein Auslandsjahr in einer Highschool in Amerika machen sollte, dass es gut wäre für mein Selbstbewusstsein, mein Englisch und so weiter. Aber je mehr sie auf mich eingeredet hatten, umso unbeweglicher war ich geworden. Ich hatte mir vorgestellt, ein Stein zu sein, riesig wie ein Findling, der seit dem Ende der Eiszeit schwer und reglos im Weg lag. Irgendwann hatten sie sich daran gewöhnt.

Ich sah aus dem Busfenster, und auf der Straße, auf den neben uns rauschenden Autos und den Bäumen lag ein Schimmer — heckenrosenfarbenes, schwedisches Licht, das alles zu bedecken schien.

Drei Stunden später stiegen wir in Lennartsfors aus. Nästeviken hatte keine Haltestelle.

Polly holte die Karte aus dem Rucksack und führte mich durch den Wald. Sie verlief sich kein einziges Mal, obwohl der Weg sieben Kilometer lang war, ein schmaler Pfad, der sich durch Kiefern und wilden Farn wand, durch das stark duftende Herz des Waldes. Polly lief vor mir her, sie hätte den Weg garantiert auch im Dunkeln gefunden, Wälder waren ihr Zuhause. Der Rucksack lastete, der Riemen schnitt ins Fleisch, doch Polly war aufgeregt wie ein Schwarm Schmetterlinge und trieb mich an.

Der Hang, als wir aus dem Wald traten. Und das Dorf, so stotterig über diesen Hang verteilt.

Dorf war für Nästeviken im Grunde eine unpassende Bezeichnung. Es bestand aus kaum mehr als einer Handvoll Gehöften. Ein jedes hatte etwas Verwischtes an sich, etwas Hastiges. Ein jedes sah aus wie kurz in Farbe getunkt und eilig hin- und hergeschwenkt, damit es schneller trocknete. Die Dächer wirkten wie über die Mauern geworfen und die Schornsteine wie schnell hineingedrückt.

„Vielleicht war es früher mal eine geschlossene Siedlung gewesen", sagte Polly, „und dann sind die Häuser vor einer Gefahr aufgeschreckt und in alle Richtungen davongespritzt!" Ja, genau so sah das Dorf aus. Als ob die Häuser sich nach einer hastigen Flucht einzeln unter die Krüppelkiefern gehockt und beschlossen hätten, von nun an in dieser weit verstreuten Form zu verharren.

Und dann sahen wir unser Haus. Nein, das Haus von Ole Jansson. Es lag so, dass es aufs Wasser wies, genau wie er beschrieben hatte.

~

Wenn man sich verliebt, dann kann das langsam passieren, ein behutsames Kennenlernen. Als würde man an zwei Enden einer Hundertmeterbahn stehen und sich Tag für Tag einen Schritt näher kommen.

Und es kann etwas Jähes sein. Ein heftiger Schlag vor die Brust, der einen zu Boden wirft.

Ich hatte mich verliebt. Etwas in mir ging für den Bruchteil einer Sekunde zu Boden, als ich das Haus zum ersten Mal sah.

Es stand ganz oben am Hang. Am weitesten von allen anderen Häusern entfernt. Es war schäbig, vom Wetter verbraucht. Im Gegensatz zu den anderen Häusern jedoch, die sich in die Kuhlen und Senken des Hangs pressten und allesamt etwas Geducktes ausstrahlten, war unseres mutig. Behauptete Polly. Schließlich hatte es sich als Einziges so ungeschützt mitten auf die Spitze gestellt.

~

Die Zeit in Ole Janssons Haus war bis zu dem schrecklichen Irrtum unsere glücklichste.

Nästeviken war von Menschen bewohnt, deren gegenseitiger Respekt darin zu bestehen schien, einander nicht unnötig zur Kenntnis zu nehmen. Wir bekamen niemanden zu Gesicht, aber sie mussten da sein. An kühlen Tagen stiegen dünne Rauchfäden aus den Schornsteinen auf. Hin und wieder kreischte eine Kreissäge. Und nachts hörten wir Hunde heulen. Immer nur einen, niemals mehrere zusammen. Selbst die Hunde, sagte Polly, scheinen sich an die heimliche Abmachung zu halten, einander nicht zu antworten.

Die Zurückhaltung der Nachbarn war ein unerwartetes Glück. Polly musste kein Reißaus nehmen, sobald ein Geräusch sich näherte, so wie Zuhause, wenn Ina oder Carsten die Treppe hochkamen. Wir waren die ganze Zeit zusammen. Keiner sah uns schief an, es kümmerte sich einfach niemand um uns. Dieses wackelige Haus, der wuchernde

Garten, der Hunger der Natur überall – es war, als würde ich etwas zurückbekommen.

Wir fühlten uns mit jedem Tag wohler. Genossen die frische, scharfe Morgenluft, wenn wir auf der Veranda frühstückten. Genossen auch die Mittage im Garten, unter dem wolkigen Dach aus Knöterich und wildem Wein. Die Abende am See, glitzernd wie Blattgold. Blitzende Lichtreflexe auf Pollys Armen, sie streckte sie aus, lachte, die Funken hüpften ihr ins Haar.

Bleib bei mir, dachte ich. Bleib bei mir, und nichts wird jemals schief gehen. Und im Hintergrund meines Kopfs, funkelnd wie der See, flirrte und schwang ein Gedanke: *Alles Unheil ist ohne dich, es kommt nicht bis zu dir, weil es dich nicht kennt. Niemand kennt dich.*

~

Der Tag des Irrtums fiel in einen plötzlichen Wetterwechsel. Da waren wir schon über einen Monat dort. Es war der dritte August. Einige Tage zuvor hatte es zu regnen begonnen, und es hörte nicht auf.

An jenem Morgen erwachte ich fröstelnd und sah in den feinen Niesel hinaus. Ich drückte das Fenster zu. Polly schlief noch, die Decke bis unter die Nasenspitze gezogen, und ich stand leise auf und machte ein paar Kniebeugen, um warm zu werden.

Dann stellte ich mich mit der Kaffeetasse in die offene Haustür und sah aufs Wasser. Über die Veranda wehte feuchtes Laub vom Vorjahr. Alle Blüten waren zu, die Bäume tropften. Ich ging mit der Tasse in der Hand durch das nasse Gras hinunter zum Ufer. Die Luft war satt von Feuchtigkeit und legte sich wie ein Schleier aufs Gesicht.

Irgendwas war mit dem See. Er schien ein Stückchen gesunken zu sein, obwohl das nicht sein konnte. Er hatte am Rand große Steine entblößt. Wie Zähne, dachte ich. Außerdem benahm er sich wie das Meer. Er rauschte, und die Wellen zogen schnell und grau vorbei.

All dies erinnerte mich an eine Traumlandschaft. Und plötzlich war es da: dieses eigenartige Gefühl, die Situation schon einmal erlebt zu haben. Irgendwann, ganz früher. Oder nein, dachte ich: umgekehrt. Als würde ich um alles erst später erleben. Mir war kühl, ich drehte mich und ging zum Haus zurück. Vorher lief ich jedoch noch einmal zum Anbau hinüber, drückte die Tür auf.

Der Anbau war ein kleiner Verschlag, in dem Regale mit Einweckgläsern, der Rasenmäher und Gartengeräte standen. Und ein merkwürdiges Gerät, das aus zwei Metallbehältern bestand mit Ventilen und Schläuchen daran. Einer stand auf eisernen Stelzen, der andere auf dem Boden, und beide waren durch ein Rohr miteinander verbunden. Eine Art Einweckmaschine, vermutete ich.

Ich griff nach einem gelben Stoffbündel, das Polly vor ein paar Tagen entdeckt hatte, klemmte es unter den Arm und verschloss dann die Tür wieder.

Der Tag erholte sich nicht von der Erkältung, dumpf und grau und klamm verlief er, und die leise, belanglose Musik aus dem Radio passte dazu. Sie passte zu Ole Janssons Haus, unserem Haus, denn sie machte alles deutlicher. Sie gab dem dürftigen Teppich und den müden Tapeten eine seltsame Tiefe und Farbigkeit. Sie hob die vom Rauch geschwärzten Ecken des Zimmers hervor und hellte das altersstumpfe, erstickte Blau des schweren Tongeschirrs auf, das im Küchenbord stand. Sogar das Knistern im Kamin schien körperhafter zu werden.

Wir blieben den ganzen Tag drin. Polly hatte sich das gelbe Stoffbündel vorgenommen. Sie wollte Vorhänge daraus nähen. Sie setzte sich neben mich, während ich uns Feuer im Kamin machte, das Bewegungen an die Wände warf, Schatten und helle Glutfinger. Feuer am dritten August, dachte ich.

Mit der Dämmerung war es nebelig geworden. Der Nebel kam aus dem See und stieg langsam bis zu uns hoch. Wir hängten die Vorhänge in der Küche auf. Gelb.

~

Mitten in der Nacht rüttelte Polly mich wach.

„Da ist etwas!"

Ich saß sofort aufrecht im Bett und lauschte. Von draußen war nur das Geräusch von Regen zu hören. Es wispelte und tröpfelte.

„Da!", sagte Polly, und da hörte ich es auch. Geräusche aus dem Anbau. Ein Klappern, dann fiel etwas um. Irgendwas wurde zur Seite gerollt, und auf einmal: Klirren. Als würden Flaschen gegeneinander stoßen.

„Das ist kein Tier", flüsterte Polly.

Dann hörten wir die Schritte. Wir hörten, wie sie vom Anbau zu unserem Haus herüberkamen, hörten, wie sich jemand an der Tür zu schaffen machte.

Mein Herz schlug plötzlich überall. In den Fingerspitzen, den Lippen, auf der Kopfhaut. Ich musste an Carsten denken. An Ina. Ich musste an den Nachmittag in Halbreich denken, den ich vergessen wollte, diesen Nachmittag, als ich ... als sie mich ...

„Hast du abgeschlossen?", flüsterte Polly.

Ich schüttelte entsetzt den Kopf. Natürlich hatte ich nicht abgeschlossen. Warum auch? Hier gab es nichts. Nur unser

Haus. Aber dort, wo nie jemand unterwegs war, gab es auch niemanden, der einem helfen konnte.

„Oh, Scheiße", sagte Polly und glitt aus dem Bett.

Als sie das Zimmer verließ, flüsterte ich panisch: „Geh nicht weg, geh nicht!"

„Ich geh nicht weg!"

Ich saß wie erstarrt. Konnte mich nicht rühren, konnte nicht einmal richtig atmen. Ich sah wieder Carsten vor mir. Wie damals. Carsten in meinem Augenwinkel, der im Licht des Blitzes am Weiher stand, ich sah, wie er sich bewegte, während Ina mit mir redete.

Dann hörte ich das Geräusch. Ein Krachen und Poltern und dann Pollys Stimme: „Verpiss dich! Ich knall dich ab!" Und da ließ die Betäubung meine Glieder endlich los. Ich sprang auf. Ich rannte die Treppen runter und schrie: „Polly? Bist du okay? Polly!"

Am Fuß der Treppe war sie. Sie beugte sich über einen Typen, der am Boden lag. Sie zog ihm etwas aus der Hosentasche, und dann stand sie einfach nur da. Starrte auf den regungslosen Körper. Schließlich hob sie den Kopf, sah mich an.

Überall waren Scherben, so viele Scherben. Und der Geruch von Alkohol. Irgendwas Hartes. Branntwein? Aus einer Wunde an seinem Kopf drang Blut. Nicht viel Blut, nur ein Rinnsal. Doch wo die Wunde war, stimmte etwas mit seiner Kopfform nicht, sie war irgendwie unnormal. Wie ein eingedrückter Joghurtbecher, dachte ich. In Pollys Hand sah ich den Henkel des Krugs, aus dem wir morgens immer Kaffee getrunken hatten. Es war ein schwerer, irdener Krug gewesen. Mir war schlecht.

„Ist er …", flüsterte ich.

Polly antwortete nicht. Aus ihren aufgerissenen Augen rannen Tränen. Ich lief hinüber, ging in Hocke und legte die Finger auf sein Handgelenk. Die Haut war warm, aber ich fühlte nichts, keinen Puls. Ich kam wieder hoch und nahm Polly vorsichtig das Portemonnaie aus der Hand, das sie ihm aus der Hosentasche gezogen hatte. Ich holte den Ausweis heraus. Ich sah lange darauf, dann sagte ich: „Es ist … Ole Jansson."

~

Die folgenden Stunden sind neblig in meiner Erinnerung. Neblig wie dieser Tag. Ab und zu sehe ich etwas aus dem Dunst auftauchen: Polly, wie sie zum See geht. Wie sie mit der leisen Nachricht zurückkommt, da läge ein Kanu. Das Kanu, mit dem Ole Jansson hierher gekommen war. Mich, wie ich zum Ufer gehe und Steine einsammle, Steine wie Reißzähne. Uns, wie wir das Boot so weit wie möglich hinausziehen und dann mit den Steinen versenken. Ich sehe mich, wie ich in den Anbau gehe.

Der Rasenmäher war nicht mehr dort, wo er am Morgen noch gestanden hatte. Er war zur Seite weggeschoben, und dort war eine Luke. Sie stand offen wie ein Auge.

Ich leuchtete mit der Taschenlampe hinein, eine Wendeltreppe führte nach unten.

Spiral Cellars Ltd. hatte ich auf einer kleinen, silbernen Plakette entziffert, die auf der ersten Stufe dieser Wendeltreppe angebracht war. Es war ein Vorratsbunker. Ole Janssons Alkoholschrank. Er führte etwa zwei Meter in die Tiefe, und an den Wänden standen Regale, in denen hunderte Flaschen lagerten. Flaschen ohne Etiketten.

War Ole Jansson zurückgekommen, Nachschub zu holen? Hatte er noch etwas aus dem Haus gebraucht und war deshalb hineingeschlichen? Oder hatte er es tatsächlich auf uns abgesehen? Wieso hatte er nicht auf sich aufmerksam gemacht? Wieso war er auf dem Weg nach oben gewesen, wo wir schliefen? Und warum hatten wir die Polizei nicht gerufen?

Wir hatten Ole Jansson in Mülltüten gewickelt und ihn durch den Garten zu dem Anbau gezogen. Hatten ihn vorsichtig in das Loch des Bunkers hinabgelassen. Flaschen waren dabei aus den Wandregalen gefallen. Wir hatten den Läufer aus dem Korridor geholt und ihn über der Luke ausgerollt, hatten den Werkzeugschrank verrückt, bis er direkt über der Luke stand. Polly hatte das Notizbuch, das Ole Jansson bei sich gehabt hatte und in dem unsere Adresse gestanden hatte, im Kamin verbrannt. Und dann hatten wir das Haus geputzt. Hatten es gereinigt, vollkommen von unserer Anwesenheit gesäubert.

Wieso? Wieso hatten wir niemanden geholt? Es war ja ein Irrtum gewesen. Polly hatte sich nur gewehrt. Aber Ole Jansson war tot.

„Er hat mich nicht angegriffen", sagte sie immer wieder in jener Nacht. „Er hat nur sein Haus betreten und ist durch den Korridor zur Treppe geschlichen. Er hat irgendetwas gesucht. Er hat mich nicht angegriffen. Und wenn er mich nicht angegriffen hat, dann war es auch keine Notwehr, Mila. Ich hab ... ich hab ihn einfach umgebracht."

Als die Sonne aufging, war Ole Jansson verschwunden. Das Haus war lupenrein, bis in den letzten Winkel. Als wir gingen, legten wir den Schlüssel in die Kiepe.

~

Jedes Jahr am dritten August wachten wir mit einem Gefühl von Kälte, Regen und Trauer auf. Ich glaube, wir beide haben über die Jahre versucht, das Licht vor und hinter diesem Ereignis zu löschen, und so sind nun Strecken davor und danach in Dunkel getaucht, doch der dritte August selbst, dieser Bereich in unserer Erinnerung, der den Anbau beherbergte, war hell ausgeleuchtet, ein Licht, das sich weder löschen noch dimmen ließ.

Am Anfang, als wir gerade ins Studentenwohnheim eingezogen waren, riefen wir jeden Tag Ole Janssons Nummer an. Wochenlang. Hörten auf das Freizeichen. Ein Telefon, das ins Leere klingelte. Irgendwann hatten wir aufgehört anzurufen.

Wir redeten nicht darüber, aber ich wusste, dass auch Polly sich fragte, ob jemand Ole Jansson vermisste. Ob sie ihn schon gefunden hatten. Ob sie ihn überhaupt suchten.

Als wir am zweiten Jahrestag dieses schrecklichen dritten Augusts wieder die Nummer wählten, was wir von da an jedes Jahr taten, kam kein Freizeichen mehr, sondern eine automatische Stimme, die mit freundlicher Bestimmtheit verkündete: „*The number you have dialed is not available. Please try again!*"

V Hitze

Elf Jahre zuvor

Das Gasthaus *Zum Anker* war bekannt für seinen Bohnen-eintopf.

Wenn Ma mich morgens weckte, standen schon große Töpfe auf dem Herd, und es duftete im ganzen Haus nach Majoran und Bohnenkraut. Draußen, auf der Schotterstra-ße, wartete Jenny Ziegler mit ihrem pinkfarbenen Scout-Ranzen auf mich. Ich konnte sie nicht leiden, aber das hielt sie nicht davon ab, mich jeden Morgen abzuholen. Kam ich mittags aus der Schule zurück, waren die Tische gewischt, der Boden gescheuert. Eine Handvoll Leute saß im Schank-raum und aß etwas, doch das richtige Geschäft begann erst am Abend. Dann stand Ma am Tresen und zapfte Bier. Ich lag im Dunkeln im Bett, und wenn ich keine Kassetten mit dem Walkman hörte, dann lauschte ich auf das Lachen und die leise Musik von unten.

Papa machte nicht mehr hinterm Tresen mit. Er arbei-tete nur noch „im Hintergrund", wie er sich ausdrückte. Tagsüber saß er in seinem Arbeitszimmer, telefonierte mit den Brauereien, erledigte die Bestellungen. Er tippte Zah-len in den Taschenrechner und klapperte mit der Schreib-maschine. Wenn er die Buchhaltung machte, lag der ganze Schreibtisch voller Zettel. Gegen Mittag kam er die Treppe herunter in die Küche, setzte sich auf seinen Stuhl, einen Zeichenblock auf dem Schoß. Wenn ich ihn bestürmte, mir etwas vorzulesen, las er *Der Goldkäfer* und *Die Grube und das Pendel* oder *Der Untergang des Hauses Usher*.

„Geschichten sind etwas ganz Besonderes", sagte er mir. „Wenn jemand dir eine Ohrfeige gibt, dann geht das irgend-wann weg. Aber Worte – die bleiben manchmal für immer."

Ma ärgerte sich darüber. „Mila ist zu klein für Edgar Allan Poe! Da kriegt sie Alpträume!" Sie legte uns *Bootsmann auf der Scholle* hin. Das war auch ganz okay, doch sobald sie aus der Küche war, bettelte ich Papa an, bis er schließlich den Bootsmann-Umschlag um das Poe-Buch legte und weiter vorlas.

Lieber als Bücher mochte Ma Spruchweisheiten. Sie hatte eine Sammlung Geschirrtücher, die sie in unserer Küche und im Schankraum über dem Klavier aufgehängt hatte. In den Stoff war gestickt: *Borgen bringt Sorgen.* Oder: *Verlierst du auch die Schuhe, so behältst du doch die Füße.*

Warum das Gasthaus *Zum Anker* hieß, war rätselhaft, denn es stand an keinem See- oder Flussufer, sondern in der Mitte des Dorfs, direkt an der Straße. Die Elbe floss drei Kilometer weiter. Das einzige Gewässer in der unmittelbaren Nähe war ein Weiher.

Das Rätsel um den Namen des Hauses ließ mir keine Ruhe. Ich fing an, systematisch nach dem geheimnisvollen Anker zu suchen. Ich war mir sicher, dass er in einem vergessenen Versteck ein einsames, rostendes, bleischweres Leben führte, womöglich auf dem weitläufigen Boden mit seinen spinnwebbehangenen Holzbalken, hinter den ausrangierten Sesseln, aus denen die Polsterung quoll, unter dem staubigen Weihnachtsbaumschmuck, der in Pappschachteln auf seine Zeit wartete, oder aber im Keller, bei Papas Weinbrandvorräten, neben den Kiepen mit Kartoffeln und Zwiebeln.

~

Vielleicht hatte der Anker etwas mit dem Weiher zu tun.

Dieser Weiher. Er übte einen Sog aus. Er lag am Ende des Dorfs, hinter einem Schilfwald. Still wie der Tod lag er und übte diesen Sog aus. Auf jeden, glaube ich. Aber im Sommer war er für Kinder verboten. Für alle, außer für mich.

Die Wiesen dort waren feucht und fett. Ein modriger Geruch hing in der Luft. Flecken gelbgrüner Entengrütze schwammen auf der dunklen Oberfläche, und Libellen standen in reglosen Wolken darüber. Spinnen liefen langbeinig über das Wasser, als wäre es fest. Ich ging immer hin, um Kaulquappen zu fangen. Manchmal schloss sich Jenny Ziegler mir an, aber sie sah sich dauernd um und jammerte.

„Es ist doch verboten, Mila!"

Ich reagierte nicht.

„Und es stinkt so. Als ob …" Sie verstummte und ging schneller, bis sie mit mir auf gleicher Höhe lief. Sie betrachtete sehr aufmerksam das Schilf, in das wir jetzt hineingingen. Es reichte bis über unsere Köpfe. Sie griff nach meiner Hand. „Als ob …"

„Als ob *was*?"

„Na ja …", sagte sie nervös und leckte sich über die trockenen Lippen. „Du weißt schon: als ob etwas … etwas …"

„… Totes im Wasser ist?"

Jenny Ziegler zuckte zusammen.

Es gab eine Geschichte in Schönewalde. Vor Jahren war einmal ein Mädchen verschwunden. Sie hatten sie überall gesucht. Erst hatten sie den Wald durchkämmt, dann die Felder, und schließlich wurde der Weiher mit Stöcken abgesucht. Und dort hatte man sie endlich gefunden. Sie war nicht ertrunken. Sie war ertränkt worden. Man habe sie aus dem Weiher geborgen, hieß es, aber sie sei nicht vollständig gewesen. Etwas Wichtiges an ihr hatte gefehlt.

Dieses Etwas ließ mir keine Ruhe. Mir nicht, Jenny nicht und auch keinem anderen meiner Mitschüler. Es geisterte durch unsere Träume. Manchmal schreckte ich nachts hoch, weil ich von einer Armee abgetrennter Hände, Nasen und Finger verfolgt worden war.

Aber vielleicht war das Etwas noch etwas ganz anderes?

Wenn wir die Erwachsenen darüber ausfragen wollten, sagten sie: „Das ist doch alles Blödsinn. Der Schäfer hat einmal die Nachgeburten seiner Schafe in dem See entsorgt, das ist alles." Sie sagten: „Das ist nur ein dummes Gerücht." Oder sie wurden schweigsam, sahen uns abweisend an und schickten uns weg. So aber huschte das Gerücht flüsternd zwischen uns Kindern hin und her, und das Unbegreifliche hielt sich darin und wuchs. Ich sah von der Seite zu Jenny, die jetzt mit aufgerissenen Augen auf das Wasser starrte.

„Du denkst doch nicht etwa an die Nachgeburten, oder?", flüsterte ich.

„Woran denn sonst?" Jennys Stimme klang piepsig.

„An … etwas anderes."

Offiziell tat natürlich jeder so, als wäre diese Geschichte mit den Nachgeburten der Grund, weshalb der Weiher gemieden wurde. Doch wenn jemand am Ufer stand und in das trübe Wasser schaute, sah keiner eine Nachgeburt dort auf dem Grund, sondern *etwas anderes*. Etwas Unkenntliches, etwas Formloses. Etwas, was dem ermordeten Mädchen fehlte, als es aus dem Weiher gezogen wurde. Es lag da unten. Vollgesogen, schlafend und von Fischen angenagt.

An dieser Stelle wurde Jenny hysterisch: „Hör auf, Mila! Du machst mir Angst! Wir dürfen überhaupt nicht hier sein. Was ist, wenn … ich meine … wann gehen wir endlich zurück?" Ich reagierte gar nicht. „Meine Eltern sind heute nicht da. Wir könnten bei uns Videos gucken", sagte sie lockend. „*Pretty Woman*."

„Keine Lust", sagte ich und lief weiter durchs Schilf.

Jenny war ein Mädchen mit roten Locken, dicht wie ein Schaffell, mit einem blassen, weichlichen Körper und ängstlichem Mund. Alles an ihr wirkte plump und unförmig, nur dieser Mund hatte etwas erstaunlich Bewegliches. Sie neigte zu häufigen Tränenausbrüchen, die von einem lebhaften Zittern ihrer Unterlippe angekündigt wurden. Anfangs hatte mich diese Unterlippe brennend interessiert, so wie alle anderen Kinder auch, und wir hatten uns vor Jenny gestellt und sie so lange angestarrt, bis sie vor Verlegenheit nicht mehr weiterwusste, bis die Unterlippe endlich bebte und die Tränen kamen. Später war mir das Weinen peinlich gewesen, und wie jeder übersah ich es.

Jenny war eine Klette, doch während alle anderen Kinder es schafften, die Klette auszureißen, hing sie an mir fest.

Ich zog eine Tüte aus meinem Rucksack, und Jennys Hysterie sackte zusammen. Ich wusste, dass sie lieber in einem Keller ohne Licht eingesperrt gewesen wäre, als hier am Weiher zu sein, aber sie lief nicht weg. Hatte sie Angst, mich allein hier zu lassen? Oder traute sie sich ohne mich nicht zurück durchs Schilf? Es war mir egal. Ich legte mich auf den Bauch und zog die Tüte langsam durchs Wasser, und während sie sich mit Kaulquappen und Seewasser füllte, stand Jenny reglos da. Dann und wann zog sie einen Fuß in die Höhe, unter dem sich eine Lache brackigen Wassers gebildet hatte. Sie jammerte nicht, sie bettelte auch nicht mehr, sondern fügte sich stumm in ihr Schicksal. Als die Tüte voll war, stand ich auf und wir gingen zurück.

Im Winter war der Weiher zugefroren, der Schilfwald versteinert. Die Halme ließen sich brechen wie Glas. Im Winter durften alle Kinder zum Weiher. Sie fuhren Gleitschuh und kickten Tannenzapfen mit Stöcken über die winzige Eisfläche.

Ich mochte den Weiher im Sommer lieber. Wenn ich Jenny Ziegler erst vergrault hatte, gehörte er mir allein.

Ich hatte einen geheimen Fleck. Unter einer Trauerweide, direkt am Ufer. Die Zweige griffen auf einer Seite ins Wasser, zur Landseite hin hingen sie bis auf den Boden herab. Bog ich sie zurück und schlüpfte in den Zwischenraum, war ich in Halbreich. Halb Wasser, halb Land. Halb Licht, halb Schatten. Das Reich, das zum Totensee führte.

Alle Kinder redeten nur vom *Totensee*, wenn sie den Weiher meinten. Der Name gehörte uns, er war eins dieser Geheimnisse, das die Erwachsenen ausschloss, und das wir flüsternd untereinander weitergaben. Jedes Besuchskind wurde eingeweiht. Vielleicht wussten wir Kinder mehr als die Erwachsenen. Wir wussten, dass alle Dinge mindestens zwei Namen haben.

Einmal dachte ich: Wenn Erwachsene vorher Kinder waren, müssten sie den Namen des Weihers kennen. Aber niemand schien sich zu erinnern. Und so stellte ich mir das Erwachsensein wie eine Krankheit vor, die nach und nach das Gedächtnis löschte. Ich wollte nie so werden.

Der Totensee. Und ich hatte herausgefunden, dass er sich nur tot stellte. Denn wenn ich lange Zeit ganz still in Halbreich saß, vergaß der Totensee irgendwann, dass ich da war, und fing an zu atmen. Winzige Blasen stiegen auf und platzten auf der Oberfläche. Hin und wieder hörte ich ein schnappendes oder gurgelndes Geräusch, doch sobald ich auf die Stelle im Wasser schaute, wo etwas von ganz unten nach oben geschwommen war, um Luft zu holen, war es bereits vorüber, und nur die auslaufenden Kreise zeugten vom versteckten Leben unter der Oberfläche.

Ich saß unter der Weide, nahm meinen Rucksack ab und griff in das Seitenfach. Ich zog den silbernen Löffel heraus, über dessen Griff sich ein graviertes „Mila" zog. Mit den Händen schaufelte ich ein Loch in die lockere, feuchte, schwarze Erde, legte den Löffel hinein und schaufelte die Erde wieder auf. Dann zog ich einen hellen Kiesel aus meiner Hosentasche und legte ihn auf die Stelle. Zufrieden sah ich mich um. In regelmäßigen Abständen lagen Kiesel überall, meine Geheimschrift.

Seit ich schreiben konnte, faszinierten mich Buchstaben. Ma hieß Marie, das waren fünf Buchstaben. Der fünfte Buchstabe des Alphabets war E. Ich hatte lauter E's aus Zeitungen geschnitten und sie überall verteilt. Unter dem Federkissen. In ihrem Brillenetui. In dem Glas mit den Herztabletten – Schutz-E's. Papa hieß Arnim, das waren auch fünf Buchstaben, für ihn galten die E's gleich mit. Eins hatte ich zwischen die Polster seines Sessels gesteckt.

Bevor ich geboren wurde, war Papa Zeichner in Dresden gewesen. Er hatte die ganzen grausigen Bilder in dem Buch von Edgar Allan Poe gezeichnet: das scharfe Pendel, das sich über den Gefesselten senkte, die kochenden Strudel des Malstroms und Berenice, die in ihrem weißen Totenkleid wiederauferstanden war. Dieses Totenkleid war ein Kunstwerk. Es bauschte sich in hundert Falten und weißen Spitzenrüschen über eine ganze Buchseite. Papa hatte auch die Klaviertasten und die Fingerübungen in dem Heft *Unterm Notenbaum* gezeichnet und alle Pflanzen, die in der *Großen Enzyklopädie der Heil- und Giftpflanzen* abgebildet waren, sämtliche Blüten und Samen und Stängel. Von vorn, von oben und in der Mitte durchgeschnitten.

Die Pflanzenzeichnungen waren überall im Haus verteilt: Wiesenschaumkraut und Eberwurz hingen in der Küche. Lila Disteln, Trompetenbaum und Goldlack rauschten, in helle Rahmen gespannt, im Korridor. Durch Mas Zimmer rankten sich Blumenrohr und Frauenhaar. Und ich selbst schlief, seit ich denken konnte, in einem Bett, das von Zaunrinde und Lerchensporn umgeben war.

Im Schankraum aber hing Schierling. Federgezeichneter Schierling in allen Größen und von allen Seiten, mit weißen Blüten und weinrot überlaufenen Stängeln, bläulich bereift. „Schierling", hatte Papa immer gesagt, und die Fältchen kräuselten sich dabei um seine Augen, „ist das beste Mittel gegen Trunkenheit."

Nach der Schule suchte ich bei meinen Streifzügen durch den Wald nach Schätzen. Ein besonders schönes Ahornblatt, eine Libelle mit regenbogenfarbenen Flügeln, eine leere Zigarettenschachtel mit ausländischen Worten. Papa sah sich alles ganz genau an und verstaute es dann in einer Blechdose.

Ma war damals dreiundfünfzig, Papa war zwanzig Jahre älter. Ich war sieben und ihr kleines Wunder. Ich hatte es mir nie anders gewünscht, weil ich es mir anders gar nicht vorstellen konnte.

~

Als Papa starb, war ich neun.

Am Abend nach der Beerdigung machte Ma den *Anker* zu. Sie hängte einen Zettel an die Tür, und wir gingen nicht mehr aus dem Haus. Es waren Sommerferien, ich musste nicht zur Schule, und im Haus gab es Arbeit genug.

So viel Arbeit, dass ich vergaß zu weinen. Eine fiebrige Strömung ging durch alle Räume, unsichtbar, etwas wie Elektrizität, und Ma und ich trieben mit.

„Ein Herz ist so groß wie eine Faust", sagte sie und legte einen Stapel Seidenpapier auf den Tisch. „Und Papa ..." Sie sah mich an. „Papa heißt ..."

„Arnim", sagte ich. Und da verstand ich.

Wir gingen langsam durch die Zimmer. Wir sammelten alle faustgroßen Dinge ein, die mit A anfingen. Wir schlugen sie in das Seidenpapier und legten sie in die vielen Truhen. Den Anspitzer mit der kleinen Kurbel, Mas Armreifen, den Anzünder fürs Gas. Den Alleskleber, mein Aufziehauto, Aluminiumdosen.

Der Anker war nicht dabei.

~

Ma und ich putzten die Zimmer, zogen Laken über die Möbel und wohnten nur noch in Küche und Wohnzimmer. Wir zupften den Stecker aus dem Telefon und hielten die Uhren an. Wir hängten die Spiegel ab. Wir sahen die Vorräte in Kammer und Gefriertruhe durch. Und in den Pausen, wenn wir staubig in der Küche saßen, las sie mir aus dem Tierlexikon vor.

„Welcher Buchstabe?", fragte sie.

„M", sagte ich. Wie am Vortag und am Vorvortag. „M wie Marie."

„Und wie Mila", sagte sie und lächelte.

Und dann begann sie beim Mauersegler, wo wir aufgehört hatten, und las bis zum Maulwurf.

Jeden Tag kochte sie eins meiner Lieblingsessen – Eierkuchen, Nudeln mit Tomatensoße oder Königsberger Klopse. Wir machten kein elektrisches Licht an.

Draußen brütete die Hitze, Grillen zirpten, der Eierpflaumenbaum roch drückend süß und summte vor Insekten. Wir aber schoben die Vorhänge vor die Fenster, sogar im Tanzsaal, und der Sommer hörte auf zu brennen und floss nur gedämpft und in fadendünnen Streifen herein. Die

Dörfler standen ratlos vor dem verschlossenen *Anker*. Sie riefen nach Ma, doch wir reagierten nicht.

Abends machte Ma nur die Notlampen im Tanzsaal an. Sie legte eine Kassette in den Rekorder, drückte auf *Play*, und aus allen vier Boxen in den Saalecken kam ein leiser Walzer. Dann goss sie Bohnerwachs auf die Holzbohlen, band Lappen um unsere Füße, und wir fingen an zu tanzen.

Das Licht der Flammen über ihrem Gesicht. Die in Rot getauchte Stirn. Sie wiegte sich in den Hüften und sah jung aus und gelöst. Ich lachte zurück, drehte Pirouetten und warf Kusshände in ein nichtexistierendes Publikum.

„Bist du nicht traurig?", fragte ich, als sie eines Nachts eine neue Flasche Bohnerwachs aus dem Schrank holte.

„Oh doch", sagte sie leise. „So sehr, dass es kein Wort dafür gibt."

„Warum weinst du nie?"

„Weil ich nicht mehr damit aufhören könnte."

„Darf man denn tanzen, wenn man so traurig ist?"

„Aber ja!", rief sie. „Es ist ja die einzige Möglichkeit! – Gib mir deinen Fuß, wir dürfen keine Zeit verlieren. Wir haben noch die ganze Nacht zu tun!" Und ich hob meine Füße, damit sie die Lappen darumwickeln konnte.

Vielleicht war es anders, doch in meiner Erinnerung ist es so gewesen. Womöglich vergingen Wochen so, ich wusste es nicht, weil alle Uhren standen. Aber eines Mittags hupte jemand vor dem *Anker*. Wir sahen von meinem Zimmer durch einen Spalt im Vorhang nach unten. Es war ein Motorrad, so glänzend und riesig, wie ich noch nie eins gesehen hatte. Wir sahen, wie zwei Fremde abstiegen und die Helme abnahmen. Wir sahen, wie sie laut an die Tür klopften, dann um das Haus herumgingen und durch die Fenster spähten.

„Wer ist das?", fragte ich und drehte mich zu Ma um. Schweiß stand auf ihrer Oberlippe, sie sah grau aus, eine Hand hatte sie auf die Brust gepresst.

Ich erschrak. „Schick sie weg!"

„Das geht nicht", sagte sie. „Das sind Ina und Carsten."

~

„Warum hast du uns nichts gesagt, Marie!"

„Warum sollte ich?" Ma atmete kurz und schnell.

Wir sahen zu, wie Ina zum Herd ging, um einen Kaffee aufzubrühen. Es war kein Anzünder da, und wir schwiegen, als sie sich fragend umdrehte. Da zog sie ein silbernes Feuerzeug aus ihrer Tasche.

Ina war meine Schwester. Aber ich kannte sie überhaupt nicht! Als Papa und Ma von Dresden nach Schönewalde gezogen waren und den *Anker* übernahmen, war ich ein Baby gewesen. Aber wenn Ina meine Schwester war, wieso war sie nicht mit uns hier hergezogen?

„Ich war ja schon erwachsen", sagte Ina ausweichend.

Ma sagte: „Ina hatte damals … andere Pläne." Mehr nicht. Egal, wie sehr ich bohrte.

Ina war sechsundzwanzig. Warum hatte sie uns nie besucht? Hatten Ma, Papa und Ina sich zerstritten? Irgendwas war seltsam, aber keiner antwortete auf meine Fragen.

~

Ina und Carsten kamen mit der geräuschvollen Wucht von Städtern in den *Anker*, sie füllten das Haus und vertrieben die schwere Stille der letzten Zeit. Ich stand unter Strom. Ich sprudelte wie Limonade und reichte meine Schätze herum: das Tierlexikon und *Die Grube und das Pendel* von Edgar Allan Poe mit dem Goldschnitt und Papas Zeichnungen. Ma blieb zurückhaltend, sie lächelte kaum. Es war ganz klar, dass irgendwas vorgefallen sein musste, aber ich wusste nicht, was.

Sie waren sehr freundlich, blätterten in den Büchern, stellten mir Fragen, und nach und nach taute Mutter auf. Sie ging wieder in den Garten. Zeigte den beiden die Bohnenbeete. Zeigte den Geräteschuppen, die Pumpe, den Kompost. Sie zeigte das ganze Haus, auch Boden und Keller, und Carsten wackelte am Geländer, klopfte gegen die Wände und die Treppenstufen, entdeckte morsche Stellen. „Ziemlich marode das Ganze", murmelte er. „Zeit, einiges zu erneuern."

~

Sie wollten eine Weile bleiben. Abends, als Ma und ich einmal allein waren, fragte sie mich: „Gefallen sie dir?"

Ob sie mir gefielen, wusste ich nicht, aber die Vorstellung von Gästen mochte ich.

Ich folgte ihnen auf Schritt und Tritt. Ich sah zu, wie sie die Laken von den Möbeln nahmen, die Spiegel wieder aufhängten und die Uhren aufzogen. Sie entfernten auch den Zettel von der Tür, und der *Anker* hatte wieder geöffnet.

Ina war schlank und sehr schick. Sie trug klingelnde Ohrringe, so groß wie Henkel, und Blusen mit riesigen Blüten darauf. So etwas trug hier niemand. Ihr Haar war auch nicht einfach blond, sondern irgendwie silbrig. Eine Farbe, die ich noch nie gesehen hatte und die mich faszinierte, weil es sie in meinem Tuschkasten nicht gab, eine Farbe, die man erst mischen musste: viel Weiß und ein Tupfer Hellbraun und eine klitzekleine Pinselspitze Schwarz. „Das ist Maiblond", klärte Ina mich auf, als ich fragte. Sie fuhr sich durch Haar. „Aber nur das von *L'Oréal* ist gut. Alle anderen Maiblonds sehen aus wie Matsch."

Carsten war groß und schwer. Wenn er auf sein Motorrad stieg, trug er Ledersachen. Ansonsten hatte er schwarze Jeans an. Sein Gürtel hatte eine auffällige Schnalle: ein silberner Adler.

Hin und wieder spürte ich eine Anspannung zwischen ihm und Ina. Nichts Schlimmes. Manchmal schob er sich von hinten an sie heran, flüsterte ihr etwas ins Ohr, zwinkerte mir dabei zu. Ich saß am Tisch, trank meinen Tee und zwinkerte zurück, doch plötzlich wurde Ina alles zuviel, sie schlug seine Arme weg und wich aus.

Da seufzte er, machte mir ein Zeichen, und wir verschwanden nach draußen. Er riss die morschen Latten vom Zaun und nagelte neue auf. Es war eine schweigsame Arbeit, und der Zaun war lang. Hin und wieder brummte er mir „Zange" oder „den größeren Hammer" zu, und ich flitzte in den Geräteschuppen und brachte das Gewünschte. Ohne mich anzusehen, arbeitete er, und ich fühlte mich wichtig, so als würden wir ein Geheimnis teilen, das ich nur nicht verstand.

Am nächsten Tag flatterte Ina durch den Schankraum in die angrenzende Küche, wo ich mit Carsten frühstückte, und rief von der Schwelle aus: „Bärchen!" Ihr Haar flog, sie sah wunderschön aus, und ich warf ihr ein breites Grinsen zu. Er aber zog die Tür zum Schankraum zu und zischte: „Nicht vor den Gästen!"

Sie wurde rot, und das Glitzern in ihren Augen verschwand. Wenn Carsten dann gegangen war, hockte sie sich vor mich, wühlte ihr Gesicht in mein Haar und murmelte: „Du bist ganz anders als der böse Carsten, du bist mein Kätzchen, meine Milanakatze", und wenn ich mich versteifte, gluckste sie und sagte: „Oder nein, du bist mein kleiner, bockbeiniger Kater. Aber du gehörst mir …" Dann ließ sie mich los und strahlte.

Ja, sie waren eigenartig, alle beide, aber das faszinierte mich. Zumindest am Anfang. Am Anfang bogen sich die Tage unter all den neuen, ungewohnten Ereignissen.

Dann fing das Schuljahr wieder an, und fast bedauerte ich es, weil ich einen halben Tag im *Anker* verpasste. Gleich nach Schulschluss stürzte ich nach Hause. Ich wusste noch immer nicht, ob die zwei mir gefielen, aber ich fand sie spannend, denn sie waren Gäste. Das Aufregende an Gästen war, dass sie nur kurz blieben.

~

Ein paar Wochen später aber waren sie immer noch da.

Und langsam geschah, was stets nach einer gewissen Zeit mit Neuigkeiten geschieht: Ich gewöhnte mich daran. Ich verspürte nicht mehr den Drang, jede ihrer Bewegungen zu verfolgen, sondern stromerte wieder draußen im Wald herum. Ich kletterte auf die Hochsitze und sammelte Kastanien für die Rehe in großen Beuteln, die ich zum Förster brachte.

Ich wusste nicht, dass ich eine Katastrophe provozierte. Ich wusste nicht, dass Carsten und Ina sich an das Mädchen gewöhnt hatten, das nichts Aufregenderes kannte, als jede Minute bei ihnen zu sein.

Eines Abends, als ich durchs Gartentor rannte und wie immer die Abkürzung durch den Vordereingang in den Schankraum nahm, als ich, vom Gelächter der Männer begleitet, die ihr Feierabendbier tranken, in der Küche landete, schauten Carsten und Ina mich ernst an. Sie schauten, als wäre irgendeine Entscheidung gefallen.

„Wo warst du?", fragte Carsten.

Ich löffelte meinen Bohneneintopf; ich war hungrig.

„Es ist nach sechs. Willst du uns mit Absicht Angst einjagen?"

Ich sah Carsten interessiert über meinen Teller an und sagte: „Quatsch." Dann löffelte ich weiter.

Ma sagte: „Mila hat ihren eigenen Kopf. Sie war schon immer so."

Ina drehte sich zu ihr um und sagte: „Sie ist noch nicht mal zehn. Wenn sie sich jetzt schon rumtreibt – wie soll das erst mit fünfzehn werden!"

Ich ließ den Löffel sinken und dachte darüber nach. Nach einer Weile entschied ich, dass es überflüssig war, darauf zu antworten. Ma dachte das offenbar auch, denn sie sagte: „Hättest du dich das nicht damals selbst fragen sollen?"

Ina zog scharf die Luft ein und wollte etwas erwidern, da sagte Ma: „Es gibt keinen Grund für dich ... hörst du, Ina, keinen Grund. – Daran hat sich nichts geändert!" Die Worte waren leiser als vorher. Ich verstand nicht, was Ma meinte, aber es brachte Ina zum Schweigen.

„Na, na – ihr werdet euch doch wohl nicht streiten", sagte Carsten und lachte ein bisschen. Ina saß da wie ein Denkmal, aber dann lachte sie mit. Es klang künstlich.

Kurz darauf, zu meinem zehnten Geburtstag, schenkten sie mir eine rote Digitaluhr. „Damit du das Abendessen nicht verpasst", sagte Carsten und legte sie mir um das Handgelenk.

Ich war stolz und lachte. Ich sagte: „Dafür brauch ich sie nicht. Ich seh die Zeit doch an der Kirche." Die Kirchenglocke schlug jede halbe Stunde. Sie schreckte dabei die Hunde auf, die dann aufgebracht in den Höfen herumliefen und jaulten, solange der Gong anhielt.

Doch die Armbanduhr gefiel mir. Sie war cool. Sie zeigte nicht nur die Uhrzeit in Deutschland an, sondern auch die in den USA und in Japan. Man konnte sie als Stoppuhr benutzen, als Wecker, und im Dunkeln leuchtete sie. Keiner hatte so eine Uhr. Sie gefiel mir sogar so gut, dass ich sie neben dem Heidekraut in der lockeren Erde auf Papas Grab vergrub. Ich ging nach der Schule oft auf den Friedhof. Ich wanderte herum und sah mir die anderen Gräber an. Manche waren prachtvoll bepflanzt, blühten über und über. Andere lagen unter einer schlichten Efeudecke, deren Ränder akkurat geschnitten waren. Die Gräber im hinteren Teil des Friedhofs hatten gar nichts.

Eins davon mochte ich. Es war mit Unkraut überwachsen, der Stein war bemoost – niemand kümmerte sich darum. Es lag ganz im Schatten, und immer pflückte ich einen Strauß aus Kamille, Schafgarbe und Kuhblumen und stellte ihn in einer Vase auf das verwahrloste Grab. Dann setzte ich mich in die Oktobersonne vor Papas Grab und schrieb die ersten und letzten Sätze von Poes Geschichten ab. Die vergrub ich rund um die Uhr.

Eines Tages wollte ich ihm auch seine Pfeife bringen, aber als ich die Klinke zu seinem Zimmer herunterdrückte, war die Tür zu. Carsten, der die Treppen hochkam und mich am Schloss herumfummeln sah, sagte: „Das ist jetzt mein Arbeitszimmer, Mila. Ich will nicht, dass jemand meine Sachen durcheinander bringt."

Papas Zimmer? Es war auch meins! Die Wände dort rochen nach Büchern und Eitempera, nach Papas würzigem Pfeifentabak und dem verbrannten Staub des Diaprojektors. Er hatte in diesem Zimmer nicht nur die Buchhaltung gemacht, sondern manchmal auch gezeichnet. Mit Bleistift oder feinen Pinseln. An einer Wand entlang waren noch die Farbtöpfchen auf altem Zeitungspapier aufgereiht. Die dünnen Pinsel standen in Wassergläsern da. Seit ich denken konnte, hatte ich in diesem Zimmer auf dem Boden gelegen und gelesen, während Papa arbeitete. Umgeben von Edgar-Allan-Poe-Landschaften an den Wänden. Traumlandschaften voller lebender Schatten.

Ich ging zu Ma. Das erste Mal, seit Carsten und Ina angekommen waren, fragte ich, wann sie wieder fahren würden. Ma schnitt Bohnen und sagte: „Sie bleiben noch ein Weilchen. Carsten will einfach nur einen Raum für sich, Mila."

Ich ließ mir das durch den Kopf gehen. Ich hab ein Zimmer, dachte ich, Ma hat eins, Carsten und Ina haben eins zusammen. Drei Zimmer für vier Menschen. Rein mathematisch war das eins zu wenig, also hatte Carsten recht, und ich beschloss, ihm ein Geschenk zu machen, indem ich auf das Zimmer verzichtete.

Aber dann entdeckte ich, dass *Die Grube und das Pendel* und das vierbändige Tierlexikon aus meinem Regal verschwunden waren.

„Sie sind alt und haben einen Wert", sagte Ina am Küchentisch beim Abendessen. „Wir haben sie weggepackt, für später. Man muss solche Bücher vorsichtig behandeln, man malt vor allem nichts hinein!"

„Es sind meine", sagte ich.

„Es sind Vaters. Sie gehören dir und mir. Ich heb sie für dich auf, bis du groß genug bist."

Ich drehte mich zu Ma: „Gib mir einen Schlüssel für mein Zimmer. Bitte."

„Marie!", sagte Carsten, als Ma eine Schublade aufzog.

„Hört auf!" Mas Stimme war scharf. „Ihr würdet das auch nicht mögen, wenn jemand in eurem Schlafzimmer rumschnüffelt, oder?" Sie hielt mir einen plumpen Schlüssel hin. Dann ging sie zurück in den Schankraum zum Tresen. Die Bücher bekam ich nicht zurück.

Die Wochen vergingen, und es wurde nicht besser. Ich zog mich mehr und mehr in meine eigenen Beschäftigungen zurück. Sammelte Bierflaschen aus den Gebüschen und brachte sie zum Laden. Besuchte den traurigen Ochsen auf seiner Koppel. Ich ging auch auf den Friedhof und malte Papa mit Kreide einen Anker auf den Stein.

Eines Tages kam Ina vom Friedhof zurück und legte die Armbanduhr auf den Tisch. „Was soll das, Milana! Die Uhr war teuer. Magst du unsere Geschenke nicht?"

Ich schaute auf die Uhr. „Doch. Ich mag sie."

„Das macht sie schon immer", sagte Ma lächelnd. „Mila vergräbt Schätze."

„So ein Blödsinn!", unterbrach Carsten. „Sich auf dem Friedhof rumtreiben. Uhren vergraben. Was denn noch alles?"

Ich ignorierte ihn.

„Das ist doch unsere Uhr?", fragte Ina.

„Es ist meine", sagte ich und wendete mich an Ma. „Oder nicht?"

Im Schankraum rief jemand „Marie!", und sie sprang auf und eilte zum Tresen.

Jetzt frage ich mich, ob alles anders gekommen wäre, wenn sie in jenem Moment geblieben wäre, wenn sie Carsten weiter ausgelacht und mir Recht gegeben hätte. So aber saß ich nur am Tisch, aß meine Suppe und antwortete nicht, weil Carsten mich dasselbe fragte wie eben, als könnte ich plötzlich eine andere Antwort haben. Ich aber hasste es, Dinge doppelt zu sagen.

„Marie hat sie total vertuttelt", sagte Ina. Sie sprach so, als würde ich gar nicht mit am Tisch sitzen.

„Sie weiß nicht, was Werte sind", bestätigte Carsten. „Sie würde wahrscheinlich auch einen Hundertmarkschein vergraben."

„Kein Wunder", sagte Ina. „Sie kommt ja auch nicht in Kontakt mit der Realität. Sie hängt nur im Wald rum. Marie gibt ihr keine richtigen Aufgaben, bereitet sie auf nichts vor. Wenn man nichts dagegen unternimmt, seh ich schwarz. Wie soll sie sich denn später mal durchsetzen?", sagte sie. „Marie kümmert das gar nicht. Sie ist und bleibt ein sturer Hahn."

„Sture Hähne geben keine gute Suppe", sagte Carsten.

Ich starrte auf meinen Teller und dachte: Ihr sollt Ma ja auch nicht essen.

~

Carsten und Ina fuhren eines Morgens im Januar ab.

Als sie fort waren, sagte Ma: „Sie werden den *Anker* übernehmen."

„Nein!"

„Jetzt kann ich ihnen noch alles zeigen. Ich bin ja nicht mehr die Jüngste."

„Ich will nicht, dass die wiederkommen!"

„Mila, jetzt hör mal zu. Hier fehlt ein bisschen … frischer Wind. Junges Volk. Es wird wieder Tanz geben, jedes Wochenende. Und sie werden eine Bar im Saal einbauen. Sie haben Kraft und neue Ideen, sie sind jung, Mila."

Sie verschwieg mir etwas, ich war mir sicher, aber als ich weiterfragte, lachte sie. Sie strich mir über den Kopf, ließ dann Wischwasser in einen Eimer und verschwand damit in den Schankraum. Darin bestand die Macht von Erwachsenen: Sie konnten einfach weggehen.

~

Als Carsten und Ina zurückkamen, war es Anfang März. Als Erstes räumten sie die Holztische und Stühle aus dem Schankraum. Sie hatten lauter neue in einem Möbelwagen mitgebracht. Schwarz und mit Metallbeinen. Sie wollten auch das Klavier entsorgen, aber das ließ Ma nicht zu.

„Das ist Vaters", sagte sie. „Das hat sogar den Krieg überlebt."

„Ach, das alte Ding", sagte Ina verärgert. „Da hat doch nie einer drauf gespielt! Das hat doch schon in Dresden nur rumgestanden. Es nimmt nur Platz weg! Wir könnten da noch einen Tisch hinstellen. – Jetzt sei nicht so sentimental!"

Aber Ma blieb hart, und als Carsten vorschlug, das Klavier müsse ja nicht weggeworfen werden, aber es könne doch in meinem Zimmer stehen, damit im Schankraum mehr Platz war, war sie einverstanden.

Danach räumten Carsten und Ina den Dachboden aus. Sie räumten die Sessel, die Kisten und Truhen heraus, die Schachteln und Kiepen und Koffer, die alten Lampen und den Weihnachtsbaumschmuck, sie trugen alles in den Hof und warfen es übereinander, bis der Dachboden leer war und traurig und ausgehöhlt wirkte. Dann bestellten sie den Sperrmüll.

Ina nahm Papas Zeichnungen von den Wänden, sie pflückte Goldlack, Trompetenbaum und lila Disteln. Die Schierlinge im Schankraum. Zaunrinde und den Lerchensporn in meinem Zimmer. Sie hängte auch Mas schöne Geschirrtücher ab. *Dummheit, die man bei anderen sieht, wirkt meist erhebend aufs Gemüt.* Und: *Wer immer Recht hat, wird sehr einsam.*

Ich protestierte nicht. Aber ich war wütend. Total wütend! Ich rannte aus dem Haus zum Weiher. Den Friedhof hatten sie irgendwie beschädigt. Kaputt gemacht, dachte ich, aber der Weiher gehörte immer noch mir!

Als ich die Zweige der Trauerweide zur Seite schob, blieb ich erschrocken stehen. Ein Mädchen stand mitten in Halbreich und schob Unrat mit den Füßen raus. Sie hatte ein weißes Kleid an, keine Jacke, und über ihre Stirn zog sich ein Streifen Dreck.

Ein weißes Kleid, dachte ich. Wer trug denn freiwillig ein weißes Kleid? Sie sah aus, als wäre sie von einer Kommunion abgehauen.

„Hi", sagte sie, als sie mich sah. „Hier sieht's ja aus!" Ich fühlte mich ertappt und sah mich um. Es roch intensiv nach etwas Verrottetem. Im Laufe meiner langen Abwesenheit war Laub hineingeweht, das schwarz geworden war, nun vor sich hinglitschte und anfing zu faulen. Sie summte ein bisschen. Ein lila Haargummi hing schief in ihrem verfilzten Haar. Sie stellte sich nicht vor, und sie fragte auch nicht, wer ich war. Sie wischte einfach weiter mit ihren Füßen herum, schubste Zweige und Vogelkot fort, kickte braune Moosstücke hinaus, schleuderte eine schlammige Plastiktüte weg. Nur meine Geheimschrift aus Kieseln ließ sie sorgfältig liegen.

„Ja ... äh ... hi!", sagte ich. Dann betrat ich Halbreich und half ihr ein bisschen. „Der Weiher ist eigentlich verboten", sagte ich. „Du bist zu Besuch hier, oder?"

Sie versuchte die halblangen Ärmel ihres Kleids lang zu ziehen. Sie war ein bisschen zu dünn, oder das Kleid war zu groß.

„Er heißt Totensee", sagte ich.

„Ich weiß." Sie lachte.

Ich sah auf die Adern, die durch ihre Haut schienen. Es war erst März, viel zu kühl, um keine Jacke zu tragen. Und dann schaute ich das Mädchen ganz genau an. Da war etwas. Irgendwas war total seltsam. Ihr Gesicht war so dünnwandig, transparent beinahe. War sie krank? Etwas stimmte jedenfalls nicht mit ihr, und mein Herz ging plötzlich einen Tick zu schnell.

„Was glotzt du so", fuhr sie mich an.

„Das hier ist eigentlich mein Versteck", sagte ich schnell.

„Und?", sagte sie. „Soll ich weggehen?"

„Nee, ist schon okay", murmelte ich und bückte mich, um Steine einzusammeln.

Später saßen wir nebeneinander in Halbreich und warfen die Steine ins tote Wasser. Sie saß mit ihrem weißen Kleid mitten auf der Erde. Sie fröstelte. Da zog ich, ohne weiter darüber nachzudenken, meine rote Jacke aus und hängte sie ihr um.

„Wollen wir Freunde werden?", fragte sie und richtete ihren Blick auf mich.

Irgendwas, dachte ich, irgendwas stimmt hier nicht! Ich kam einfach nicht drauf! Mein Blick flog über sie, über dieses Kleid, das so schrecklich feierlich aussah und gar nicht zu ihr passte. Es war ziemlich schmutzig, hatte aber feine Spitze am Ärmel, und um die Taille war ein Seidenband geflochten. Es sah aus, als hätte sie es einer Braut gestohlen. Mein Blick flog über ihr Zottelhaar, die schmutzigen Nägel, abgebissen und hässlich, über die aufgeschlagenen Knie und diese papierweiße Haut. Das dünne Gesicht. Spitz wie ein Eichhörnchengesicht. Als hätte sie … als hätte sie … schon lange nichts mehr gegessen.

Ich sprang auf.

„He", sagte sie. „Was ist los?" Ich stolperte aus Halbreich heraus.

„Ich muss … nach Hause …", stotterte ich.

Ich nahm ihr nicht mal die Jacke ab. Als ich mich auf der Wiese noch einmal umdrehte, winkte sie.

~

Ina bekam anhand der Morastflecken auf meiner Hose heraus, wo ich gewesen war.

„Der Weiher ist kein Spielplatz!" Sie rauchte und aschte auf einen kleinen Unterteller. Der Teller war schon voll. Sie saß im Schankraum zwischen lauter Farbeimern und Farbrollen und zog mich mit einer Hand heran. Sie drückte mich so fest an ihre Brust, dass es an den Ohren wehtat.

„Willst du ertrinken, oder was?", sagte sie schrill. Ob vor Angst oder vor Ärger war nicht klar. „Du gehst da nicht mehr hin! Das ist eine Regel. Du weißt doch, was eine Regel ist?" Ich riss mich los. „Bleib da! Ich bin noch nicht fertig!" Ich blieb stocksteif stehen. Ina drückte die Zigarette so heftig auf dem Teller aus, dass die alten Filter über den Rand rutschten. „Mein Gott, warum gibt es in diesem ganzen Haus eigentlich keinen einzigen gottverdammten Aschenbecher! Das ist doch ein Gasthaus hier, oder etwa nicht?"

Ich ging rückwärts. Langsam. An der Wand entlang, die Carsten und Ina erst geweißt hatten und dann bunte Flecken darauf gemalt hatten, als hätte jemand Farbbomben an den Wände geworfen.

„Das ist modern", hatte Ina zu Ma gesagt. „Holzwände sind so was von out – damit vergraulst du alle." Als ich auf der Schwelle stand, sagte ich: „Es gibt hier keine Aschenbecher, weil sie so groß wie eine Faust sind!" Dann drehte ich mich um und rannte nach oben.

~

Es hatte so gut angefangen. Inas und Carstens Liebenswürdigkeit. Die Aufregung, die sie aus der Stadt mitgebracht hatten. Ihre geräuschvolle Art. Aber manche Dinge, die gut anfangen, werden später ungenießbar. Wie die Eierpflaumen, wenn sie im Sommer vom Baum fielen und niemand sie aufsammelte. Sie platzten, sie gärten, sie verströmten den widerwärtig süßen Geruch von Fäulnis. Sie zogen Ungeziefer an.

Carstens und Inas Beschluss, ihre Stadtwohnung aufzugeben, um für immer in den *Anker* zu ziehen, musste von vornherein einen zweiten, geheimen Beschluss enthalten haben. Einen Beschluss, der mich betraf.

Ich entschied, trotz der neuen Regel wieder zum Weiher zu gehen. Ich brauchte meine rote Jacke zurück. Ich hatte sie von den beiden bekommen. Wenn sie herausfanden, dass ich sie einfach verborgt hatte, würden sie wieder ausrasten. Aber nicht nur deshalb wollte ich zurück, sondern auch, weil es mir leid tat, dass ich so weggerannt war. Ich wollte das Mädchen wiedersehen.

Auf dem Dachboden stand ein Sack mit ausrangierten Sachen. Ma ließ ihn immer dort stehen, bis das Rote Kreuz eine Kleideraktion ankündigte. Dann stellte sie ihn vor die Haustür. Draußen war gerade ein Handwerker dabei, die alten verschnörkelten Buchstaben *Zum Anker* abzumontieren. Sie sollten mit Neonlichtbuchstaben in Pink und Blau ersetzt werden. Ich kramte in dem Sack herum.

Aus dem Dachbodenfenster hörte ich, wie Ma und Ina sich draußen unterhielten. „Ich freu mich wirklich, dass wieder Tanz sein wird an den Wochenenden", sagte Ma. „Papa und ich haben das einfach zu selten gemacht."

„Kein Tanz, Marie", sagte Ina. „Disko! Zu einem Tanz-nachmittag kannst du heute keinen mehr hinterm Ofen vorlocken." Sie lachte. „Carsten hat das Mischpult schon bestellt. Mit einem Kassettenrekorder Musik zu machen, ist wirklich ein Witz!"

„Es ist gut, dass ihr etwas Schwung reinbringt", sagte Ma.

„Hier ist die Zeit ja auch wirklich stehen geblieben", hör-te ich jetzt Carsten. „Na ja, nicht nur im *Anker*, eigentlich überall hier. „Wie habt ihr den Saal überhaupt beleuchtet? Mit dem Lüster?"

Ha, da war sie! Meine alte Jacke! Die tarngrüne, die mir an den Ärmeln zu kurz geworden war.

„Womit denn sonst?", fragte Marie erstaunt.

„Direktes und stetiges Licht beim Tanzen ist der Tod!", klärte Ina sie auf. „Heute hat man bewegliches Licht. Damit kommt Dynamik in die Sache."

„Man darf den Anschluss nicht verpassen", bestätigte Carsten. „Das machen die Jugendlichen nicht mit. Die sind doch die wichtigste Zielgruppe. Und die wollen was erleben. Wenn man da mit 'ner Technik wie für 'n Rent-nertreff anrückt, kommen die nur einmal und dann nie wieder …"

„Wir haben gedacht, wir bauen eine professionelle Licht-anlage ein", sagte Ina.

„Wenn ihr meint", sagte Ma.

„Farbiges Licht", sagte Carsten, „Stroboskoplicht. Und eine Lichtkugel, die bewegliche Lichtspuren durch den Saal zieht."

Ich hörte nicht mehr hin. Ich schnappte mir die Jacke, schlich nach unten und durch den Kücheneingang aus dem Gasthaus. Ich lief über die Wiesen nach Halbreich und wartete. Dann wanderte ich einmal um den Weiher herum. Ich rief nach dem Mädchen, und da erst fiel mir auf, dass ich nicht mal ihren Namen wusste.

Am Ende ließ ich die Jacke in Halbreich hängen. Nach dem Abendessen ging ich aber noch einmal hin. Als ich die Weidenzweige von Halbreich aufschob, war die grüne Jacke weg und meine rote hing an dem Ast. Sie war über und über mit Blättern und Tannennadeln beklebt, als wäre das Mädchen damit auf die Bäume geklettert. Oder als hätte sie sie absichtlich durch den Dreck geschleift, um eine Tarnjacke daraus zu machen. Es war mir egal. Wozu gab es Waschmaschinen? Erleichtert zog ich sie an und steckte die Hände in die Taschen. Meine Finger ertasteten einen Zettel. Ich zog ihn heraus.

Die grüne Jacke passt gut. Danke. Polly

~

Ina stand gerade auf einer Leiter und bemalte eine Wand im Schankraum mit blauen Flecken, als ich hereinkam. Sie sah mich an, die total verdreckte Jacke, ließ den Pinsel in den Eimer fallen und kam zu mir gelaufen.

Sie war wütend. Sie griff mich an den Schultern und schüttelte mich: „Das kann doch nicht wahr sein! Das Ding kostet ein Vermögen, und du hast nichts Besseres zu tun, als dich damit im Dreck zu suhlen!" Erst wollte ich protestieren, aber dann war es mir einfach zu aufwändig. Sie würde mir sowieso nicht zuhören. Ich schwieg. Sie zwang mich, die Jacke auszuziehen, starrte auf die Moderflecken und die Grasspuren, roch an der Jacke und hob dann den Kopf: „Du hast es schon wieder getan", sagte sie. „Das hier ist Schlamm vom Weiher!" Sie zeigte auf einen Ärmel. „Du warst da, obwohl wir es dir verboten haben! Milana, das geht so nicht!"

Ich bekam Fernsehverbot.

Ich hätte vielleicht dagegen rebellieren sollen. Aber Fernsehen hatte mich noch nie besonders interessiert. Ich guckte zwar hin und wieder mal einen Film mit, doch ich war viel lieber draußen. Trotzdem hätte ich ins Wohnzimmer gehen, mit dem Fuß auftreten und lärmend auf mein Recht bestehen sollen. Ich hätte Ina wegstoßen und Carsten in den Arm beißen sollen, wenn sie versucht hätten, mich aus dem Wohnzimmer zu schieben. Es wäre eine heftige Szene mit Schreien und Tränen gewesen, und vielleicht hätte es eine Art Rettung bedeutet. Für jeden von uns.

Aber ich hatte so etwas nie getan. Ich hatte mich noch nie lautstark gegen irgendwas gewehrt. Es war vorher einfach nicht nötig gewesen. Und weil ich nicht wusste, wie man sich wehrte, zog ich mich zurück. Ich machte, was ich immer machte: Ich ging stromern. Und das war ein Fehler.

Denn die beiden waren verliebt gewesen. Nicht in mich, aber in die Vorstellung, ein Kind zu haben. Sie hatten auf einen Ausbruch gewartet. Sie wollten ein Kind, und ein rebellisches Kind wäre zwar schwierig gewesen, aber ihre Leidenschaft wäre zumindest mit einer Leidenschaft erwidert worden. Meine Gleichgültigkeit nahmen sie mir übel.

Und nach dem kurzen, anfänglichen Rausch, der immer bei einer Verliebtheit entsteht, verwandelte ihr Gefühl sich in Eifersucht. Sie wollten etwas von mir. Sie wollten mich, und gleichzeitig waren sie eifersüchtig auf mich. Sie taten so, als würde ich sie bestehlen. Als wäre ich jemand, der ihnen das Mädchen vom Anfang mit Absicht unterschlagen würde.

Als Ina und Carsten merkten, dass mir das Fernsehverbot nichts ausmachte, wandelten sie die Strafe in Hausarrest um. Am lächerlichsten war, dass Carsten sogar den Riegel von außen vor meine Tür schob. Dass er lauschend vor der Tür stand.

Ich trommelte nicht dagegen. Ich schrie nicht: „Lass mich raus! Du hast mir gar nichts zu verbieten, du bist nicht mein Vater!" Ich stand einfach nur da, die Stirn gegen die Wand gelehnt, still wie das Klavier, das seit Neuestem unterm Fenster stand. Und während ich seine Anwesenheit hinter der Tür spürte, tastete meine Hand über die Wand, zupfte an der Tapete, die sich lautlos in winzigen Flöckchen löste, und die Wut war ein heißer roter Ball, der sich in meinem Kopf blähte.

Ma war nie in der Nähe, wenn so etwas passierte. Sie machte einen Arztbesuch in der Stadt, war bei einer Bekannten oder auf dem Friedhof. Sie zog sich nicht nur aus dem Geschäft im *Anker* zurück, sie schien sich auch von mir zurückzuziehen.

Ich stand stumm in meinem Zimmer, bis Carsten aufhörte, auf eine Reaktion von mir zu warten, bis seine schweren Schritte die Treppe hinuntergingen. Dann ließ ich die bröselnde Tapete los, nahm meinen Schlüssel aus der Tasche, steckte ihn ins Schloss und versperrte meine Tür von innen. Wenn ich schon nicht mehr hinaus konnte, so konnten sie jetzt auch nicht mehr hinein.

Kurzentschlossen zog ich das Fenster hoch und schaute nach unten. Mich schwindelte, aber ich stieg aufs Klavier und von da aus aufs Fensterbrett, griff nach einem starken Ast und zog mich nach draußen, in den Eierpflaumenbaum hinein. Ich kletterte die vier Meter nach unten und verschwand durchs Tor auf die Wiesen.

Ich dachte nie, dass mir etwas passieren könnte. Carsten und Ina verwechselten mich mit jemand anderem. Mir konnte nichts geschehen, nur dieser Tochter, die es nicht gab.

Das Mädchen sah ich nicht mehr. Aber manchmal fand ich eine Spur. Ich weiß nicht, ob von ihr oder einer anderen. Ich wünschte mir einfach, dass die Zeichen von ihr waren. Der lila Haargummi, der am Zweig einer Birke hing und den ich abrupfte und in meine Tasche stopfte. Kleine Fußtritte in Form eines Kreises am Ufer des Weihers, als hätte sie dort heimlich getanzt. Und einmal einen neuen, ganz weißen Kieselstein mitten in Halbreich, unter dem ich ein krakeliges, auf Pappe geschriebenes P entdeckte.

Und dann, ein paar Wochen später, war sie endgültig weg. Ich fand nichts mehr. Irgendwann danach sagte ich mir, dass da nie etwas gewesen war. Ich vergaß sie sogar.

Ich wurde elf. Ich wurde zwölf. Ich hatte gelernt, ohne Türen auszukommen und mich heimlich über Verbote hinwegzuhangeln.

~

Zwölf Jahre alt. Und der Sommer brach an.

Jener Sommer, als sich alles noch einmal veränderte. Ein Sommer, der Fäden spannte, ein spinnwebfeines Netz, das sich mit jedem Tag fester zog.

Ich bettelte Ma an, mir die Haare kurz zu schneiden. Mein langes Haar verfilzte ständig, und der Kamm blieb drin stecken. Es störte mich einfach. Ich wollte es kurz haben, so kurz wie Karina, Jennys große Schwester. Ina machte einen Riesenaufstand deswegen. Trotzdem setzte Ma sich durch.

„Aber nur bis zur Schulter", sagte Ina. Sie stand neben Ma und sah ihr auf die Finger. „Nicht weiter. Es reicht, dass sie sich schon wie ein halber Junge benimmt. Sie muss nicht auch noch so aussehen!"

„Erinnerst du dich noch, wie du damals ausgesehen hast?", fragte Ma, während sie schnitt. „Deine Haare waren grün. Und du hast niemanden gefragt …"

„Das war doch was ganz anderes", sagte Ina. „Das war Auflehnung! Außerdem war ich drei Jahre älter."

Seit ein paar Tagen waren Sommerferien, und ich hatte ständig Hausarrest. Immer wegen Kleinigkeiten. Immer ein Verstoß gegen irgendeine Regel.

Wenn ich heimlich aus dem Fenster kletterte, zog es mich zum Campingplatz.

Der Campingplatz war neu seit dem letzten Jahr. Der Elberadweg war ausgebaut worden, und plötzlich kamen Ausflügler ins Dorf. Für die war auch der Campingplatz gedacht. Er war am Waldrand errichtet worden, auf einer Wiese, ganz in der Nähe des Weihers. Die Gemeinde hatte ein Toilettenhäuschen und zwei Duschen dort gebaut, eine kleine Küche und einen Feuerplatz. Es gab Strom.

„Da sind sie!", hatte Carsten im letzten Jahr gesagt, als die ersten ins Dorf gerollt kamen. Er hatte es gesagt, wie man „Hurra!" rief.

Carstens heimlicher Traum war zwar, aus dem *Anker* eine Raststätte für Biker zu machen, das hatte er Ma und mir an dem Tag erzählt, als er eine Harley-Davidson-Flagge an dem Fahnenmast vorm Haus hochzurrte. Doch genauso wenig, wie der Weiherweg die *Route 66* war, gab es Biker, die es nach Schönewalde verschlug. Und so hatte Carsten sich wohl oder übel damit abgefunden, Radler bedienen zu müssen.

Er hatte an ein Jahrhundertgeschäft geglaubt. Er hatte rote Sonnenschirme liefern lassen. Er hatte Biergartentische und Stühle bestellt und drei nagelneue Liegestühle aufgestellt. Er hatte sogar überlegt, Sand heranzufahren und eine Art Strandlandschaft zu imitieren.

Als die ersten Radler kamen, hatte er in der Tür gestanden und ihnen breit entgegengelächelt. Doch die Radler fegten am *Anker* vorbei. Sie fegten vorbei, einer nach dem anderen, Tag für Tag. Nur selten hielt mal einer an, kam herein und trank eine Cola oder eine Apfelschorle, stieg dann wieder aufs Rad, um den Weg zum Campingplatz einzuschlagen, wo später feiner Lagerfeuerrauch aufstieg, wo Gitarre gespielt, Bratwürste gegrillt und Biere getrunken wurden, und alles hatten sie im Kiosk am Campingplatz gekauft. Da hatte Carsten aufgehört zu lächeln. Und als dieses Jahr der Sommer begann und die ersten Radler auftauchten, sagte er nur noch „Scheißcamper!" und spuckte auf den Boden. „Gucken nur, kaufen nix."

Der Kiosk war eigentlich nur ein Klapptisch vor einem Bauwagen und gehörte Jamie, einem Aussteiger, den alle in der Schule cool fanden. Ich auch. Jamie war zwanzig. Keine Ahnung, wie er wirklich hieß, alle nannten ihn nur Jamie. Bevor es den Campingplatz gab, hatte sein Bauwagen auf dem ehemaligen LPG-Gelände gestanden. Das Gelände lag brach, Unkraut überwucherte die Ställe, niemanden störte es, dass Jamie dort wohnte. Vor dem Wagen hatte er einen Sessel aufgestellt. Im Winter war er mit einer Plane bedeckt, aber sobald die Tage wärmer wurden, zog Jamie die Plane ab und verlagerte sein Leben von drinnen nach draußen.

Dieser Sessel war ein Monstrum in Lila, das er wahrscheinlich mal aus dem Müll gezerrt hatte. Ich konnte mir nicht vorstellen, dass jemand sich so etwas freiwillig in die Wohnung stellte. Wann immer man an der LPG vorbei kam, saß er da. Die Beine über die Seitenlehne geworfen, spielte er Gitarre, las irgendeinen Schmöker, rauchte. Manchmal hatte ich ihn Übungen machen sehen. Wie er in die Luft boxte, Liegestütze machte, aber nie lange. Er sah nicht sportlich aus, dafür hockte er einfach zu viel rum, aber er war lässig. Auf eine Art gutaussehend, die Ina nicht mochte. Die langen Haare, die Tätowierungen auf den Armen, das rote Tuch, das er als Sonnenschutz um den Kopf gebunden trug.

Als Ina über Jamie herzog, sagte Ma nur kurz: „Früher hast du genau auf solche Jungs gestanden." Ich staunte.

„Ach, Quatsch", sagte Ina. „Ich hab nie auf Assis gestanden, sondern auf wilde Typen. Der da ist doch garantiert schon ganz verlaust."

Schon weil Ina ihn verabscheute, mochte ich ihn. Nicht, wie die Mädels aus den höheren Klassen ihn mochten, anders. Ich wollte ihn nicht küssen oder so. Ich wollte wie er sein. Ich glaube, die Jungs aus der Zehnten wollten das auch. Ich sah sie oft aus meinem Fenster mit den Mopeds auf das alte LPG-Gelände knattern.

„Wovon der wohl lebt?", fragte Ina.

„Der bettelt und klaut sich was zusammen", sagte Carsten.

„Ach was", sagte Ma. „Du weißt doch gar nichts über ihn."

„Ich weiß, dass er zwei Hände hat, um zuzupacken, und dass er gesund ist", sagte Carsten. „Aber der kommt einfach nicht hoch, der sitzt bloß auf seinem Arsch. Aber was reg ich mich eigentlich auf", brummte er. „Ein bisschen was davon habt ihr hier ja alle."

Als der Campingplatz errichtet wurde, hatte Jamie schnell reagiert. Er hatte den Bauwagen an seinen uralten Opel angekoppelt und ihn von der LPG zum Waldrand gefahren. Zehn Meter vom Zeltplatz entfernt koppelte er ihn wieder ab. Und dort stand er nun.

Seinen Sessel hatte er mitgebracht. Genau wie eine erste Ladung an Bier, Limo und Wasser. Gleich am ersten Abend stellte er einen Grill auf. Kaum waren die Würstchen fertig, rissen die Camper sie ihm aus den Händen. Sie standen um den Wagen herum, aßen mit großem Appetit, tranken das Bier, lachten. So gab es plötzlich einen „Kiosk" am Campingplatz. Niemand nahm es Jamie übel, nur Carsten.

~

Ich hockte jetzt fast jeden Abend hinter einem Gebüsch ganz in der Nähe des Campingplatzes. Ich sah zu, wie Jamie Gitarre spielte, wie die Leute sich Getränke von dem Klapptisch nahmen und Geld in ein leeres Saure-Gurken-Glas steckten.

Manchmal war Jamie nicht in seinem Sessel, und das Licht im Bauwagen war an. Dann beobachtete ich, wie irgendwann Karina Ziegler herauskam, Jennys Schwester. Karina war sechzehn und ging in die Zehnte. Im Gegensatz zu Jenny war Karina ein Mädchen, das ich bewunderte. Es schien, als hätte Jenny sich von allen zur Verfügung stehenden Eigenschaften nur die einfallslosen und ermüdenden gegriffen, während ihre Schwester sich die interessanten und spannenden herausgezupft hatte. Karina machte Judo und war die beste Schwimmerin an der Schule. Jenny konnte nicht mal einen einzigen Klimmzug. Karina trug die Haare bis zum Ohr, was ich toll fand. Am meisten aber bewunderte ich, dass sie sich nichts gefallen ließ. Während Jenny bei jeder Kleinigkeit in Tränen ausbrach, schrie Karina jemandem, der absichtlich in sie hineinlief, zu: „Biste blind, oder was? Hier, wie viele Finger halte ich hoch?" Und dann ließ sie ihre Hand mit dem ausgestreckten Mittelfinger nach oben fliegen.

Wenn sie aus dem Bauwagen kam, sah sie aus, als würde sie glühen. Sie ging die Stufen hinunter, als wären sie nur für sie angebracht. Ich starrte sie aus meinem Versteck heraus an, und ich konnte ihre Hitze fast spüren; sie strahlte sie aus jeder Pore ab wie ein Radiator.

Ich stellte mir vor, was Jamie jetzt tat. Da drin. Ob er sich anzog? Oder ob er noch im Bett lag, die Arme hinter dem Kopf verschränkt? Ich sah Karina hinterher, die pfeifend zum Weiher ging und sich ans Ufer setzte. Wie gern wäre ich Jamie gewesen. Jamie, der in seinem Bauwagen Besuch von so einem Mädchen bekam.

Wenn Karina nicht da war, saß Jamie draußen, und ich sah von meinem Versteck aus zu, wie das Lagerfeuer die Luft rot färbte. Es gefiel mir. Ich kam mir rebellisch vor. Niemand wusste, wo ich war. Carsten nicht, Ina nicht, niemand.

Bis Jamie einen Tages aufhörte zu spielen. Er stellte die Gitarre auf den Boden und begann, sich eine Zigarette zu drehen. „Na, komm schon vor", sagte er. Er sprach nicht laut. Es war fast, als spräche er zu sich selbst.

Ich reagierte nicht. Er konnte nicht mich meinen.

153

Er leckte an dem Blättchen und drückte die Zigarette fest. „Mach schon", sagte er. „Ich weiß, dass du da bist." Da kam ich hinter dem Gebüsch hervor.

„Hi", sagte er und zündete sich die Zigarette an. „Ich bin Jamie." Er nahm einen tiefen Zug und atmete dann Rauchkringel aus. „Und wer bist du?"

„Milana", sagte ich trotzig.

„Die aus dem *Anker*?"

Mein Gesicht versteinerte. „Wenn du mich verpfeifst, dann … dann …" Ich wusste nicht, womit ich ihm drohen konnte, ich hatte noch nie jemandem gedroht. Ich wusste nur, dass Carsten und Ina auf keinen Fall davon erfahren durften, dass ich hier war. Das hier war mein Geheimnis. „… dann stech ich die Reifen an deinem Opel platt!"

Jamie sah mich interessiert an. Dann sagte er: „Warum sollte ich dich verpfeifen? Wir stehen doch auf derselben Seite."

Dann, als ich immer noch mit verschränkten Armen dastand, erhob er sich und sagte: „Hilfst du mir, die leeren Bierflaschen wieder einzusammeln?"

~

Von diesem Tag an hatte ich einen Freund.

Tagsüber musste ich im *Anker* bleiben. Ina wollte wie immer, dass ich ihr in der Küche half, aber ich stellte mich absichtlich blöd an, ließ die Tomaten fallen, stellte die Temperatur am Ofen zu hoch ein, schnitt das Gemüse entweder zu groß oder viel zu klein, bis Ina die Geduld verlor und mich wieder hochschickte.

In meinem Zimmer schrieb ich Briefe an Jamie und Karina, die ich nicht abschickte, sondern in meinem Schreib-

tisch versteckte, lange, verliebte Briefe, auf die ich Klee-
blätter klebte, und währenddessen wartete ich ungeduldig
auf die Abende, wartete, dass die trinkenden Gäste ein-
trafen, dass Carsten und Ina aufhörten, an meine Tür zu
klopfen und zu verlangen, dass ich runterkam und irgendwas arbeitete – die Tische im Biergarten abwischte, den
Gehweg vorm Gasthof fegte, Gläser polierte. Ich wartete
auf den Moment, wenn Carsten den Riegel vor meine Tür
schob. Dann flüchtete ich übers Klavier aus dem Fenster
zum Campingplatz.

Während ich bei Ina und Carsten immer mein abschre-
ckendstes Schlechte-Laune-Gesicht aufsetzte, sobald ich
am Tresen helfen oder die Gäste bedienen sollte, schenkte
ich bei Jamie die Getränke aus wie eine geborene Wirtin.
Ich lachte die Radler an, ich gab das Wechselgeld mit einem
Scherz raus. Wenn Jamie pfeifend am Grill stand, sammelte
ich die herumstehenden Bierflaschen wieder ein. Manch
mal fegte ich sogar den Bauwagen aus.

Jamie spielte mir später was auf der Gitarre vor, das
heißt, er spielte für alle, die sich um den Sessel versammel-
ten, aber ich saß neben ihm auf der Armlehne und wünschte mir die Titel.

Ich hatte also plötzlich einen Freund. Aber das war nicht
alles. Ich hatte auch eine Freundin. Denn wenn Karina kam,
scheuchte sie mich nie weg. Ich weiß nicht, was sie in mir
sah, aber auf keinen Fall eine Konkurrentin. Sie lachte mich
an, fuhr mir durchs Haar, und während ich das bei Ina hasste, hielt ich bei Karina ganz still und wünschte mir, sie würde ihre Hand für immer da liegen lassen.

Wir waren ein seltsames Gespann. Jamie, Karina und
ich. Wenn Karina und Jamie im Bauwagen verschwanden,
stand ich hinterm Klapptisch und passte auf, dass alle die

Getränke auch bezahlten, die sie sich nahmen. „Na", fragte einmal einer der Radler mit einem komischen Grinsen in Richtung Bauwagenfenster. „Da hat dein Freund dich wohl abgeschrieben?"

Idiot, dachte ich, stellte das Bier auf den Tisch und sagte zuckersüß: „Wie kommen Sie denn darauf, dass Jamie mein Freund ist?" Er ist mein Bruder, dachte ich. Ich lächelte, doch am liebsten hätte ich ihm das Bier ins Gesicht geschüttet.

Der Gedanke, dass Jamie mein Bruder sein könnte, fing an, mir zu gefallen. Das brachte mich beiden noch näher. Ihm. Und ihr.

Wenn Karina und Jamie aus dem Bauwagen kamen und alle anderen sich in ihre Zelte zurückgezogen hatten, weil sie am nächsten Morgen früh aufbrechen wollten, saßen wir noch zu dritt am Weiher. Die Frösche quakten.

Es war ein unglaublicher Sommer. Selbst gegen Mitternacht war es noch warm. Zwar war die glühende Hitze dann aus der Luft gewichen, hatte aber einer drückenden Schwüle Platz gemacht, die die Mücken anzog. Es roch nach den Algen aus dem Weiher, es roch nach Laich und noch nach etwas anderem. Etwas Schwelendem, das unter allem lag, unter diesen maßlosen Sommertagen, nach etwas, das nur darauf wartete, aufzuflammen. Aber das wusste ich noch nicht.

Der Mond beleuchtete die fettgrüne Wiese. Der Boden war warm, er gab noch die Hitze des Tages ab, und Karina rieb Jamie mit Mückencreme ein, dann rieb sie mich ein. Dann legte Jamie seinen Kopf in ihren Schoß, und sie pflückte ein Huflattichblatt und streichelte sein Gesicht oder beugte sich über ihn, um ihn zu küssen. Einmal machte ich ein Foto von ihnen mit Papas alter Polaroidkamera.

Ich fotografierte sie, wie sie so lagen – ineinander verknäult, die Hände überall. Sie fuhren auseinander, als der Blitz sie traf, und als das Polaroidfoto unten herausgefahren kam, lachten sie und zogen mich zu sich herunter, zogen mich zwischen sich, und wir sahen uns das Foto an.

„Das ist aber nicht jugendfrei", sagte Karina grinsend und überließ es mir. Ich schob es in meine Gesäßtasche, lehnte mich an Jamie an und fühlte mich gut. Sie schickten mich nie weg, und ich hatte nie das Gefühl, das fünfte Rad am Wagen zu sein.

Ich sah Karina an, wie sie Jamie küsste, sah seinen ausgestreckten, entspannten Körper, die Tätowierungen an seinen Oberarmen, die zu leben anfingen, wenn er die Schultern bewegte, das schwarze Haar. Ich war nicht eifersüchtig. In diesen Stunden zwischen Abend und Mitternacht, wenn ich bei Karina und Jamie war, war ich glücklich.

~

Die Hitze dieses Sommers erreichte Jahrhundertwerte. Die Temperatur stieg von Tag zu Tag – als läge dieser Juli in einem Fieber. Und während ich selbst innerlich immer überdrehter wurde, verlangsamte sich alles um mich herum. Versiegte. Die Hühner legten keine Eier mehr, und die Spatzen flogen nicht. Sie hüpften mit hängenden Flügeln über den staubigen Hof. Die Zitronencreme, die Ina am Morgen gemacht hatte, hatte mittags schon einen Stich. Die Katzen lagen wie betäubt auf den schattigen Treppenstufen, die Bäuche auf den Beton gepresst, sie hoben nicht einmal die Köpfe. Die Wäsche wurde brüchig in der Sonne, und Ma spannte die Laken nur noch in der Scheune auf. Ina stand an der Pumpe im Garten, sie goss Wasser in das Pumpenloch, um das Wasser aus der Erde zu locken, sie bewegte den Schwengel – dreißig, vierzig Mal, und hatte immer noch keinen Erfolg, und erst wenn sie anfing zu schimpfen, kam es – widerwillig, speiend, in einem heißen Schwall.

Im ganzen Dorf roch es nach glühendem Stroh, das Korn gedieh nicht, es war im Frühjahr gewachsen und verdorrte jetzt. Tagsüber stand Carsten missgelaunt in der Tür und schaute auf die Straße. Die Straße war ausgestorben, kein Gast kam, der *Anker* blieb leer. Die Radler zogen wie immer vorbei, Richtung Campingplatz. Aus dem Fenster sah ich ihnen nach.

Erst zur Abenddämmerung erschienen die ersten Männer aus dem Dorf. Wenn die Hitze nachließ. Sie holten Bier vom Tresen und standen in Gruppen im Biergarten. Sie setzten sich nicht auf die weißen Plastikstühle mit den roten Polstern darauf. Sie standen einfach nur herum. Sie murmelten von der Hitze, sie murmelten von Unheil, immer sprachen sie vom Sommer – es gab kein anderes Thema. Später sahen sie nur noch in den Himmel, nachdenklich und stumm, und ein jeder schien auf etwas zu warten. Auf eine Veränderung, auf Regen, auf ein Wunder.

Es war ein Sommer wie eine geheime Verschwörung gewesen. Er brannte im Haar, er backte das Grün aus dem Gras. Teer tropfte von den Dächern. Er saß in meinen Poren und floss mit dem Schweiß herab. Ich schluckte ihn, Brennnesselsommer, Mückensommer, er war ein beständiger Juckreiz, alle Fenster standen auf, und ich schlug nach den Insekten, ich rannte im oberen Stockwerk umher, rannte auf den Dachboden und kam staubig zurück, ich lachte hysterisch und kratzte mich immerzu. Ich hatte keinen Hunger mehr, nur noch Durst. Ich war leicht und fühlte mich fast durchsichtig vor Glück. In jenen Tagen hatte ich das Gefühl gehabt, ich könnte alles, selbst fliegen. Ich war nicht mehr vorsichtig. Ich war übermütig geworden.

So übermütig, dass ich eines Abends, als ich vom Fensterbrett in den Baum sprang, plötzlich daneben griff und die vier Meter nach unten stürzte.

Der Krankenwagen. Die Liege. Carstens und Inas Gesichter. Der Schmerz, und ich hatte nicht geweint.

Der Tag, an dem ich im Krankenhaus war, war auch der Tag, an dem Ina und Carsten mein Fenster verschraubten. Sie hatten einfach Schrauben durch den Rahmen gebohrt, und jetzt ließ sich das Fenster nicht mehr hochschieben. Als ich mit einem Gipsbein zurückkam, war es zu. Nur die kleine Dachgaube ließ sich noch öffnen. Sie war zu schmal für mich. Sie war zu schmal für jeden.

Ich war sprachlos vor Zorn. Wo war Ma? Warum war sie nie da, wenn ich sie brauchte! Ich sah die beiden an. Die Hitze gloste, und da war etwas im Raum, irgendeine geheimnisvolle Substanz, dichter als Luft.

Ina sagte: „Wir wollen nur, dass dir nichts passiert."

„Und ich?", sagte ich bebend. „Weißt du eigentlich, was ich will?"

„Na, dann pack mal aus", sagte Carsten. Er stand vor mir. Er hielt meine Briefe in der Hand. All die Briefe, die ich an Jamie und Karina geschrieben hatte. Ich wurde blass. Er blätterte sie vor meinen Augen durch und zeigte mir die Seite, auf die ich das Polaroid geklebt hatte.

„Ich war heut draußen, am Campingplatz", sagte er leise. „Hab mit deinem Freund hier gesprochen. Hab ihm gesagt, wenn er nicht macht, dass er Land gewinnt, hat er ganz schnell einen Haufen Ärger am Hals. Nicht nur wegen Schwarzarbeit, sondern wegen Verführung Minderjähriger. Da geht's dann nicht nur ihm an den Kragen, sondern auch ihr hier." Er tippte auf Karina und als er *ihr* sagte, klang es, als würde er über eine widerliche Krankheit sprechen.

„Du hast dich rumgetrieben, hinter unserem Rücken, Milana!", rief Ina. „Du hast uns hintergangen! Und wir haben gedacht, wir können dir vertrauen." Sie stand vor mir, die Arme in die Hüfte gestemmt. Sie sah aus wie das „Ungewitter", das Papa zu Poes Gedicht *Annabelle Lee* gezeichnet hatte. *Da kam eines Tages stracks ein Ungewitter und spieh seinen Geifer aus, Höllengraus* ... „Und jetzt sag uns noch einmal, dass wir nicht wissen, was du willst!", rief sie schrill.

Ich schwieg. Ich saß mit meinem Gipsbein auf dem Stuhl und starrte durch beide hindurch. Ich starrte durch das Fenster hinter ihnen nach draußen.

~

Ich blieb im Haus, zur Bewegungslosigkeit verdammt. Ma war ebenfalls krank. Das Telefon stand in Carstens Zimmer, ich kam nicht ran, weil ich keinen Schlüssel für seine Tür hatte. Ich hörte sie einige Anrufe machen, konnte aber nicht verstehen, worum es ging. Von niemandem erfuhr ich, was am Campingplatz passiert war. Was mit Jamie war. Mit Karina.

Nach zwei Tagen beobachtete ich vom Fenster aus, wie ein Laster die Straße entlanggefahren kam. Er bremste vorm *Anker* ab, und ich sah, wie Carsten aus dem Haus kam, kurz mit dem Fahrer redete und dann auf der Beifahrerseite einstieg. Der Lastwagen fuhr an und verschwand in Richtung Campingplatz. Erst nach einer langen Weile senkte sich der Staub auf der Straße

Eine Woche nach meinem Unfall kam Jenny Ziegler zu Besuch.

„Du machst ja Sachen!", sagte sie und klopfte auf meinen Gips. „Kann ich da was raufschreiben?"

Ich schüttelte den Kopf. Auf gar keinen Fall wollte ich irgendeinen blöden Spruch von Jenny Ziegler auf meinem Bein haben.

„Wieso nicht?", schnappte sie. „Das ist gemein! Bei Ron haben damals auch alle was auf den Gipsarm geschrieben." Ron war ein Idiot. Er war achtzehn, ging aber immer noch in die Zehnte. Den Arm hatte er sich damals bei einer dieser bescheuerten Mutproben gebrochen. Er war als Einziger vom Dach der Sporthalle gesprungen. Jenny fand ihn offenbar toll. Seit Neuestem hockte er oft im *Anker* rum. Schleimte Carsten an.

Um Jenny wieder aus der Schmollecke rauszuholen, sagte ich: „Okay, du kannst nachher was raufschreiben."

Sie lachte. Und dann wurde sie plötzlich ernst und raunte geheimnisvoll: „Wo mag er jetzt bloß sein?"

„Wer? Ron?"

„Quatsch", sagte sie. „Weißt du's etwa noch nicht?" Sie machte große Augen.

„Was denn?", fragte ich genervt.

„Jamie ist weg", sagte sie. Über ihr Gesicht zog sich eine hektische Röte. Sie suhlte sich darin, es mir als Erste zu sagen. „Seit einer Woche! Über Nacht, stell dir mal vor. Er hat alles mitgenommen, den Opel, den Bauwagen, den Sessel! Er ist einfach auf und davon. Kein Mensch weiß, wohin."

Ich schluckte und sah nach draußen.

„Der hatte bestimmt was laufen", sagte sie, lachte dann komisch und klang für einen Moment so wie Carsten. „Hatte Schulden oder so was, garantiert! Sonst haut man doch nicht einfach ab!" Sie kam zu mir rüber ans Fenster, boxte mich leicht gegen den Oberarm. „Na ja, gut für euch, oder? Dein Onkel hat ja jetzt einen richtigen Kiosk aufgestellt."

Ich sah sie an, sah auf ihren plappernden Mund und hasste sie.

„Einen richtigen Kiosk?" Das also war neulich in dem Laster gewesen.

„Ja", sagte Jenny eifrig. „Achteckig, aus weißem Holz und mit Glühlampen oben dran. Sieht total schick aus. Und Plastikstühle gibt's jetzt auch da draußen! Und Musik aus Boxen. Ron schmeißt den Laden. Dein Onkel hat ihn dafür eingestellt, dass er abends die Getränke verkauft und grillt, wusstest du das nicht?"

„Wie geht's eigentlich Karina?", flüsterte ich.

„Ach die", sagte Jenny verächtlich. „Kannste vergessen. Hat schlechte Laune bis sonst wohin, hockt stundenlang in ihrem Zimmer und telefoniert mit Rebecca." Rebecca war Karinas beste Freundin. Sie standen in der Schule immer zusammen auf dem Schulhof. „Spielt sich tierisch auf, wenn ich den Stecker rausziehe, weil wir nicht so viel telefonieren sollen. Kann ich doch nichts dafür, dass unser Alter immer ausrastet, wenn er die Telefonrechnung sieht. Und nicht nur Karina kriegt es ab, sondern ich auch!" Jenny steigerte sich rein, kam sich richtig wichtig vor. „Dabei geht's wieder mal bloß um irgend'n Typen. Macht'n Riesengeheimnis drum. Heult die ganze Zeit. Die ist einfach bescheuert."

Sie hatte sich einen Filzstift aus meiner Federmappe geschnappt, beugte sich über mein Gipsbein und schrieb quer über mein Schienbein: *Mit Feuer und Kanonen — soll dich der Teufel holen — wenn du vergisst — wer Jenny Ziegler ist.*

„Vielleicht liebt sie ihn ja", sagte ich und sah Jenny nicht an.

„Quatsch", sagte Jenny, sah von meinem Bein hoch und prustete los. „Die doch nicht."

Wann immer Jenny nach diesem Nachmittag zu Besuch kam, gab ich vor, müde zu sein, und schickte sie weg. Ich konnte ihre dicke, rosige, schwitzende Anwesenheit einfach nicht mehr ertragen. Lieber humpelte ich mittags auf Krücken zu Ma ins Zimmer, beobachtete sie beim Schlafen und sah dann aus dem Fenster in den Garten, der ein langsames und endgültiges Ende nahm.

Schönewalde schien nur noch aus Staub zu bestehen. Staub, der auf der Straße aufstieg, wenn ein Trecker vorbeikam, Staub, der die Fenster überzog, Staub, den ich auch nachts roch. Jeder Regen, der jetzt noch kommen würde, das hatte ich die Bauern unterm Fenster sagen hören, käme für die Felder zu spät.

Die Wochen vergingen, mein Bein schwitzte unter dem Gips, und ich ging mit dem Lineal darunter, um zu kratzen. Die Hitze hielt an.

Ina brachte mir Bücher aus der Bibliothek, damit ich meine Zeit „sinnvoll verbringe", wie sie sagte. Biografien von Robert Koch und Marie Curie, aber ich schlug sie nicht mal auf.

Stattdessen griff ich immer öfter nach *Unterm Notenbaum*, ein Heft, das Ina damals übersehen hatte, als sie Papas illustrierte Bücher aus meinem Regal genommen hatte, weil sie angeblich zu wertvoll waren. *Unterm Notenbaum* war unscheinbar. Es war eine Notenlehre, ebenfalls mit Zeichnungen von Papa. Früher fand ich es langweilig, es war mir einfach nicht unheimlich genug, doch jetzt studierte ich jede Seite.

Ich las mir alles durch – ich las, was eine Oktave ist, was halbe und ganze Noten sind, ich las, was ein Kreuz und ein b ist, ich schaute mir die von Papa gezeichnete Klaviatur genau an, schaute, wie die Finger auf den Tasten lagen, humpelte mit dem Heft zum Klavier hinüber, klappte den Deckel auf und legte meine Finger genauso hin. Ich betrachtete das Bild, auf dem ein A aus dem Klavierkörper herausflatterte wie ein Grünfink, betrachtete ein Fis, das wie Rauch über einer schwarzen Taste aufstieg, und ein E, das sich wie ein Kreisel über einer weißen Taste drehte. Ich drückte die entsprechenden Tasten auf dem Klavier und hörte mir genau an, wie A, Fis und E klangen. Dass Buchstaben eine Melodie erzeugen konnten, war mir neu. Sie konnten traurig oder fröhlich, abgehackt und langschwingend klingen. Manche Tasten ergaben, wenn man sie gemeinsam drückte, einen Wohlklang, andere etwas Schrilles. Tag für Tag nahm ich dieses Heft vor, das ich von den Büchern, die Papa illustriert hatte, immer am wenigsten gemocht hatte, ich las es langsam, ich lernte es auswendig, ich saß am Klavier, das nie jemand gespielt hatte, und legte die Finger so, wie Papa es gezeichnet hatte, ich zählte die Sekunden mit, um den Unterschied zwischen Viertel- und Achtelnote herauszufinden, und während ich all das tat, war mir, als wäre Papa im Raum, als sähe er mir zu, als lägen seine Hände auf meinen.

Ma lag viel im Bett in jenem Sommer; sie konnte nicht atmen. Als ich sie besuchen ging, erzählte ich ihr aus dem Kopf *Der entwendete Brief* von Poe. Sie lauschte, und als die Geschichte zu Ende war, sagte sie: „Erzähl mir noch eine, Mila", und da dachte ich plötzlich an das Mädchen.

Ich hatte schon ewig nicht mehr an sie gedacht. Ich hatte sie sogar vergessen. Aber jetzt fiel sie mir wieder ein. Wie sie in Halbreich gestanden hatte. Wie ich ihr meine rote Jacke umgehängt hatte. Und wie ich dann diese Riesenangst bekommen hatte. Jäh. Und wieder fing mein Herz an, wild zu schlagen. Genau wie damals. Wieder sah ich, wie ich flüchtete, rückwärts und ohne ihr meine Jacke abzunehmen, weil sie aussah … weil sie aussah wie jemand, der …

Die verfilzten Haare, ihre zerfledderten Schuhe …

Die abgeschürfte Haut an den Ellbogen …

Sie war eine Ausreißerin! Sie hatte ausgesehen, als wäre sie schon seit Wochen unterwegs. So schmutzig. Und so dürr. Und dieses schreckliche weiße Kleid, mit der Spitze und diesem Seidenbändchen und völlig verdreckt … es war das Kleid einer … einer … nein! Ich wollte nicht daran denken. Ich wollte nicht wissen, wo sie hergekommen und was aus ihr geworden war. Ich wollte mich überhaupt nicht an sie erinnern. Ich presste die Lippen zusammen.

„Mila?"

„Ich weiß keine Geschichte mehr", sagte ich und sah aus dem Fenster.

Ma folgte meinem Blick und wurde unruhig. Sie wollte wissen, was draußen vor sich ging, und leise beschrieb ich ihr die trockene, hartgeröstete Landschaft.

Einmal öffneten wir die Truhen. Wir wickelten die faustgroßen Dinge mit A aus und wieder ein. Ich aber dachte an einen dünnen, krakeligen Buchstaben, der unter einem weißen Kiesel in Halbreich schlief.

Manchmal brachten Ina und Carsten den Fernseher in Mas Zimmer, und wir schauten alle zusammen *Menschen unserer Zeit* oder *Die Entstehung der Welt*. Ich spürte, dass Ina das Klavier nicht mochte, dass sie es nicht mochte, dass ich stundenlang davor saß und meine Finger mit den gezeichneten in *Unterm Notenbaum* verglich, aber sie sagte es nicht laut.

Ich schloss mich nie aus, wenn sie den Fernseher aufstellten, ich schaute brav alle Filme, die sie aussuchten. Nur sprechen mochte ich nicht mehr mit ihnen. Nicht, seit sie mein Fenster zugeschraubt hatten. Ich erzählte nichts mehr von mir, ich schrieb auch nichts mehr, ich antwortete nur noch, wenn sie etwas fragten.

~

Die Bäume standen dicht vor dem Fenster, sie machten das Licht grün, und ich fühlte mich in dem Wirtshaus wie in einer Flasche. Eingesperrt und verkorkt. Es gab Nachmittage, an denen ein Schauer aufkommen wollte, und ich beschrieb Ma den Schauer. Aber er war zu zaghaft, denn bevor er in den Boden dringen konnte, verdampfte er auf der rissigen Erdschale.

Ina kam oft herein. Sie hatte eine Schürze umgebunden, weiß wie der Winter und frisch gestärkt, sie wischte Staub und verrückte dabei meine Sachen auf dem Regal. Sie legte mir Aufklärungsbücher auf das Klavier, was ich peinlich fand. Dann setzte sie sich auf mein Bett. Ich erwiderte ihren Blick. Ich hasste sie nicht einmal. Nein. Dafür war sie mir zu fremd.

Nach einer Weile wich Inas Lächeln und machte einem anderen Ausdruck Platz. Sie presste den Mund zusammen, und ihre Augen verengten sich. Als hätte sie eine Frage gestellt und keine Antwort bekommen. Dann stand sie abrupt auf und verließ das Zimmer. Ich drehte mich zur Wand.

Ich hatte viel Zeit zum Nachdenken. Und weil ich schon alles durchgedacht hatte, dachte ich an das Mädchen, das ganz für sich am Weiher getanzt haben musste, ich dachte an ihr feines Gesicht, an die deutlich sichtbaren Adern unter ihrer weißen Haut. Ich hörte wieder ihre Stimme und schaute aus dem Fenster, ich schaute, so weit das Auge griff, bis zum Ende der Dorfstraße, wo die Felder begannen, und dann in die Wiesen, die in den Campingplatz, den Schilfwald und in den Weiher hineinliefen. Ich sank in die Erinnerung, in das Gefühl einer fremden Einsamkeit, das ich an jenem Nachmittag in Halbreich verspürt hatte, und mehr als alles fühlte sich diese Erinnerung wie ein Zuhause an.

Ma spürte, dass etwas Unaussprechliches mit mir passierte. Sie setzte sich auf. Sie sagte meinen Namen und griff nach meiner Hand. Aber meine Hand war schon nicht mehr da. Sie war dort, wo meine Augen waren, draußen, in diesem Sommer, den keiner wollte. Nichts wurde groß in jenem Jahr, selbst die Tomaten blieben winzig und fielen von den dürren, gelben Stängeln. Ma spürte es, und sie hatte Angst. Denn es war der Sommer gewesen, in dem ich langsam verschwand.

~

Ma stand wieder auf. Sie stand abends, als wir wieder alle vor dem Fernseher saßen, auf. Sie schaltete den Fernseher ab und sagte: „Ohne das Verbot, rauszugehen, hätte Mila nicht das Fenster, sondern die Tür benutzt! Sie hätte sich nie das Bein gebrochen!"

Ein letztes Mal lehnte sie sich auf. Ein letztes Mal war sie dort, wo wir einander brauchten: miteinander.

Ina fing zu schreien. Ma sprach ungerührt weiter: „Ich hab nichts von Schuld gesagt. Hör auf. *Ich* bin ihre Mutter."

Da war Ina still. Ihre Lippen waren blass, und rote Flecken wanderten über ihr Gesicht.

Gegen Ina und Carsten setzte Ma durch, dass alle Verbote aufgehoben wurden.

~

Manchmal tut jemand genau das Richtige, und später stellt es sich als der wunde Punkt der Geschichte heraus.

Als mir der Gips abgenommen wurde, war der Sommer noch immer wie flüssiger Stahl. Er glühte, als gäbe es kein Ende. Selbst der Wind brachte keine Kühlung, er schwelte auf der Haut. Ich aber fühlte mich nach den Wochen zwanghafter Ruhe wie ein freigelassenes Pferd. Ich probierte ein paar vorsichtige Schritte in meinem Zimmer, ich hüpfte, ich stampfte auf, und dann lief ich durch das Tor hinaus. Es gab kein Verbot mehr, ich durfte auch zum Campingplatz, zum Weiher, einfach so.

Jener Nachmittag. Ich war weit draußen auf den Wiesen, als es anfing. Auf dem Campingplatz war niemand gewesen, er lag verwaist da. Der Kiosk hob sich vor dem Wald ab. Weiß und fremd und leer wie eine Kirche.

Vielleicht hätte ich auf die Vögel achten sollen. Als noch Vögel zu sehen waren. Wie tief sie geflogen waren. Knapp über der Erde, ihre Bäuche mussten schon die Grashalme gestreift haben. Vielleicht hätte ich auch an das Murmeln der Bauern vor dem *Anker* denken sollen, an ihre stummen Blicke in den Himmel — diese unausgesprochene Kenntnis eines kommenden Unheils.

Denn ohne Vorwarnung stand plötzlich die Landschaft still. Ich hielt an und sah mich um. Vorsichtig. Nichts bewegte sich. Nicht die Bäume, nicht das Schilf am Ufer. Sogar die Wiese um mich herum war wie eingefroren. Alles schien in Erwartung zu verharren. Dann fiel der Ton aus. Keine Grillen mehr, keine Frösche. Kein Vogel.

Ich stand und schaute, und ganz langsam wurde die Wiese grau, als zöge jemand die Farbe heraus, dann wurde sie wieder grün ... grau ... grün, und endlich sah ich nach oben, zum Himmel.

In die Wolken, die mit einer solchen Heftigkeit über die Sonne gerissen wurden, dass sie dabei zerfetzten. Pechschwarze Wolken, doch die Ränder waren grell. Als die Baumkronen sich zu bewegen begannen, war alles Lebendige schon geflüchtet. Alles, außer mir.

Etwas Gewaltiges schoss von oben nach unten. Ein Rauschen setzte ein, schwoll an, jagte die Stämme entlang nach unten, erreichte die Büsche, das Schilf, die Wiese ... mich. Als die ersten Äste fielen, rannte ich los.

~

Ich lag in Halbreich, die Arme über dem Kopf, der Sturm hatte die Weidenzweige in Peitschen verwandelt. Der Weiher versuchte nach mir zu greifen, er hatte alle Scheinheiligkeit abgelegt, schwarz und schmierig leckte er das Ufer hoch. Meine vergrabenen Schätze kamen wieder zutage. Meine unterirdische Schutzschicht. Und alles rutschte ins Wasser, und das Wasser *lebte*, es schnappte, zermalmte und schluckte.

Und plötzlich. Plötzlich zwischen dem Chaos. Zwischen der unnatürlichen Dunkelheit. Zwischen dem Keuchen der Landschaft. Hörte ich etwas.

Jemand rief.

Ich hob den Kopf und schaute durch die Zweige über den Weiher. Als ein Blitz den Himmel zerriss.

Und da sah ich sie.

Sie waren auf der anderen Seite, und sie schienen zu brennen. Sie bewegten sich nicht. Sie standen da wie in Erz gegossen. Sie starrten in den Weiher. Und riefen nach mir.

Sie hielten sich fest umklammert, und jeder Ruf schien sie noch weiter ineinander zu treiben. Während um sie herum die Äste von den Bäumen krachten. Ich musste sie retten! Ich sprang aus Halbreich heraus in den Sturm, ich winkte und schrie: „Hier! Ich bin *hiiier!*"

Da drehten sie sich um. Langsam. Mitten in der Katastrophe. Granit, Grabmale oder Giganten, dachte ich fasziniert, und als sie sich in Bewegung setzten und um den Weiher herumkamen, wich ich zurück, denn mir fiel ein, dass Halbreich mein letztes Geheimnis war, das Ina und Carsten noch nicht kannten.

~

Sie schoben die Weidenzweige auseinander.

Irgendwas stimmte nicht. Sie waren größer als sonst. Das schäumende Wasser im Hintergrund hob das Weiß in ihren Augen, das Weiß der Zähne hervor. Wenn sie Angst gehabt hatten, so sah man es ihnen nicht mehr an. Sie wirkten so frisch. Als wäre dies ihre natürliche Heimat. Als würde die Umgebung, in der ich sie sonst kannte, sie grau machen, damit sie nicht auffielen. Das war ein seltsamer Gedanke … und er war noch nicht zu Ende … da war noch irgendwas … aber mein Kopf … er tat plötzlich so weh.

„Milana", sagte sie mit der vertrauten, schrillen Stimme. „Wie oft, wie oft hab ich dir gesagt …"

„Sie macht das mit Absicht", unterbrach er.

Ich verstand noch nicht. Ich hatte sie gerettet. Ich schaute ihnen ins Gesicht. Sie lächelten ein enges, geheimes, unbekanntes Lächeln. Ich lächelte vorsichtig zurück.

Ich erinnere mich an die Schatten, die sie geworfen hatten, als sie eintraten. Der Blitz stand in ihren Rücken, und ihre Schatten waren ungewöhnlich lang, die Arme schienen in schmalen Schaufeln auszulaufen, die Finger in Klingen. Ich wollte etwas sagen, als plötzlich eine Wucht meine Stirn traf und explodierte, und noch während ich fiel, erlosch der Blitz und mit ihm die Schatten.

~

Als ich die Augen aufschlug, ging mein Blick als Erstes zum Fenster. Es war wieder fest verschraubt. Draußen stürmte es immer noch.

Mein Gesicht war heiß und trocken. Mein Kiefer tat weh, als hätte ich stundenlang auf einen harten Gegenstand gebissen. Ich hatte einen bitteren Geschmack im Mund, und mein Kopf schmerzte. Ich bin krank, dachte ich. Wenn ich einfach liegen bleibe, dann ist nichts gewesen. Dann bin ich nur krank.

Doch dann sah ich meine Hände auf der Bettdecke. Fremd. Ein fahles Grau, als wären sie schon eine Weile tot. Es war viel zu kalt im Zimmer. Eiskalt.

Worte waren das Schlimmste; Papa hatte recht gehabt. Sie gingen nie mehr weg. Diese Worte, nachdem sie mich nach Hause geschleppt hatten. Als sie mit Ma in meinem Zimmer waren und dachten, ich würde nichts hören.

‚Es reicht! Erst wird sie fast vom Ast erschlagen, dann rutscht sie ins Wasser und ertrinkt um ein Haar! Ich werde mir das Sorgerecht zurückholen. Du bist krank, du kriegst es nicht auf die Reihe, auf sie aufzupassen! Denkst du, ich seh einfach zu, wie sie sich umbringt, Marie? Sie ist doch meine Tochter.‘

~

Ich trug einen Verband um den Kopf, und als wäre das nicht genug, hatte ich noch eine Bronchitis. Ich war in den Weiher gestürzt oder hineingeflüchtet, ich wusste es nicht mehr, aber dass ich unter Wasser gewesen war, daran erinnerte ich mich genau.

Ich konnte kaum reden, nur husten. Ich ging nicht nach unten, wo Ina im Schankraum hinterm Tresen stand. Ich blieb im Bett und wartete, bis Ma mir Hühnerbrühe und Tee brachte. Sie stellte Fragen, aber ich zeigte auf meinen Hals und schüttelte den Kopf. Ich war zu schwach für alles. Nur nicht für das entsetzliche Gefühl, verraten worden zu sein.

Ich werde mir das Sorgerecht zurückholen.

Ich las nichts, ich schrieb nichts, ich spielte auch nicht Klavier. Ich lag nur da, mein Kopf unter dem Verband war heiß, und die genähte Wunde darunter pochte.

Denkst du, ich seh einfach zu, wie sie sich umbringt, Marie? Sie ist doch meine Tochter.

Immerzu kamen die Worte, aber weil ich es vermeiden musste, sie in einen Zusammenhang zu bringen, lenkte ich mich ab, indem ich ein Stück hochrutschte und zu dem zugeschraubten Fenster sah, durch die zitternden Blattspitzen des Eierpflaumenbaums über den Rasen, zu der niedrigen Pforte, die zum Garten führte, auf die Laube mit den winzigen Fenstern, in die Papa mir ein Sofa gestellt hatte, damals, als es ihm noch gut gegangen war. Die Holzkante des Betts drückte sich in meinen Nacken, aber ich blieb reglos liegen. Noch war ich eingehüllt in meinen Schutz aus Empörung.

Als Inas Worte wiederkamen … *Sie ist doch meine, ist doch meine, ist doch meine Tochter* … versuchte ich, mir die Landschaft draußen als Teil meines Körpers vorzustellen und diesen Körper als Lied. Die Wiesen dort, die Schmetterlinge, die an der Hauswand ausruhten, die Luft, die das Haus von allen Seiten berührte, die hin- und herschwingende Gartenpforte und der Himmel – all dies war eine Erweiterung meines Körpers. A, Fis und E. Ich war gar nicht hier drin, ich war schon lange draußen. Und ich klang. Aber dieser Gedanke war so anstrengend, dass mein Kopf ganz langsam von selbst von der Kante ins Kissen rutschte und ich einschlief. Wenn Carsten oder Ina die Tür öffneten, um nach mir zu sehen, schlief ich jetzt immer.

~

Etwas klopfte gegen meine Schläfen, klopfte sich in meinen Traum hinein, klopfte mich wach. Ich schlug die Augen auf. Die Dunkelheit war dicht. Ich hörte gedämpftes Gelächter, auf- und abebbende Stimmen, verzerrte Klänge von Musik. Es drang durch die Bodenbretter. Samstagnacht. Es war Disko im *Anker*.

Da war es wieder! Mein Kopf schnippte in die Höhe. Ein Scharren. Das Geräusch kam nicht vom Saal unten. Es kam von draußen. Von der anderen Fensterseite.

Da war nur der Eierpflaumenbaum. Die Nacht zog an den Ästen, schlug sie aufs Fensterbrett, gegen die Scheibe. Wie Knöchel. Es wurde lauter. Ich setzte mich auf.

Im Dunkeln war das Fenster ein hellgrauer Fleck, vor dem sich etwas bewegte. Kein Ast. Ein Tier, dachte ich, aber es war zu groß für eine Katze. Ich tastete nach der Nachttischlampe und schaltete sie an. Das Zimmer brüllte vor Helligkeit, doch das Fenster war sofort tiefschwarz. Es klopfte wieder.

Ich schwang die Beine aus dem Bett und fühlte mich nackt. Wenn wirklich etwas da draußen war, würde es mich in all der Helligkeit deutlich sehen. Ich machte das Licht wieder aus und schlich zum Fenster, schirmte die Hände gegen das Glas. Und prallte zurück.

Das Mädchen! Ich sah es deutlich. Blasse Lippen, die Haare lose. Ich starrte hinaus, und das Mädchen starrte herein. Sie machte Zeichen. Dann legte sie die Hände flach gegen das Glas und versuchte, das Fenster hochzuschieben. Sie wird herunterstürzen, dachte ich erschrocken. Ich schüttelte den Kopf und zeigte zur Dachgaube, das einzige Fenster, das sich öffnen ließ. Kaum war die Gaube auf, hielt sie mir ihre Hände hin. Ich stieg aufs Kalvier und griff zu. Wie eine Ringelnatter schlängelte sie sich durch die winzige Öffnung, und ich hielt sie fest und zog sie herein.

„Na endlich", sagte sie. „Ich dachte schon, du würdest gar nicht mehr aufwachen!"

Die Gardine wehte, wir standen uns gegenüber, ich und das Mädchen, dem ich vor zwei Jahren in Halbreich begegnet war. Es wurde kühl im Zimmer.

„Ich friere", sagte sie.

Ich starrte sie an. Sie trug keine Jacke, keine Schuhe. Das Kleid war dasselbe wie damals, nur bis zur Unkenntlichkeit verschlissen. Sie war so schmutzig.

„Woher weißt du, wo …" Meine Stimme war mir fremd. Vielleicht weil ich sie in letzter Zeit kaum benutzt hatte. Oder es lag an dem Verband, der meine Ohren bedeckte. Sie klang, als hätte sich etwas an den Stimmbändern abgelagert. „… wo ich wohne?"

Das Mädchen schwankte und hielt sich am Schrank fest. Wer weiß, wie lange sie schon da draußen auf dem Baum gehockt hat, dachte ich. Endlich kam Bewegung in mich. Ich ging an ihr vorbei zum Klavier, stieg darauf und schloss die Glaube wieder.

Als ich mich umdrehte, saß sie auf dem Bett. Sie war nackt und schob ihr Kleid mit den Füßen zu einem Bündel zusammen. Das muss gewaschen werden, dachte ich automatisch. Noch besser wäre, es endlich wegzuwerfen. Es war ein Totenkleid.

Ich wusste es von Papas Zeichnungen. In dem Buch von Poe gab es eins in der Geschichte *Berenice*. Berenices Totenkleid war weiß, voller Spitze und wunderschön, und es sah genauso aus wie das, was dort am Boden lag.

Vielleicht wusste sie nicht einmal, dass es ein Totenkleid war. Ich selbst hätte es ohne Papas Zeichnung auch nicht gewusst. Vielleicht hatte sie es in einem Laden gestohlen und gedacht, es wäre ein Sommerkleid. Ich fröstelte. Sie wickelte die Decke um sich. Sie hatte den Finger auf dem Knopf der Nachttischlampe. „Willst du da anwachsen?", fragte sie. Sie knipste das Licht aus und an und lachte. Ein kleines, lebhaftes Lachen, das sprang im Zimmer umher. Ich zögerte noch. Dann knipste sie das Licht wieder aus, und ich schlüpfte zu ihr unter die Decke. Sie war warm und sie roch nach Wald und Wasser, als sie die Arme um mich schlang und wir einschliefen.

~

Aber als ich morgens die Augen aufschlug und das Mädchen in meinem Bett sah, erschrak ich. Sie schlief, und ich schrieb einen Zettel, den ich gut sichtbar auf den Boden legte: „Bitte ganz leise sein!" Dann schob ich die Tür hinter mir fest zu, drehte den Schlüssel im Schloss und ging im Bademantel hinunter in die Küche. Zum Frühstück.

Sie könnte einfach verschwinden, dachte ich am Tisch, während ich Brennnesseltee trank. Sie war viel kleiner und dünner als ich, und sie hatte kein Problem damit gehabt, durch die Gaube zu kommen. Sie könnte auf demselben Weg wieder verschwinden. Wenn ich hochkäme, wäre alles wie vorher.

Ma nähte etwas an der Manschette von Carstens Hemd. Der hatte die Zeitung vor sich und hielt den Arm still auf dem Tisch. Ich fand es schrecklich, dass Ma Carstens Manschette nähte. Ina stand mit dem Rücken zu uns und schnitt Fleisch. Keiner sprach. Ich lauschte in Richtung Küchendecke. Ich lauschte auf Geräusche von meinem Zimmer oben. Auf nackte Füße über den Bohlen. Auf ein Scharren des Stuhls, ein Kichern. Nichts.

Die Tatsache, dass jemand, der nicht ich war, sich in meinem Zimmer aufhielt, vielleicht gerade auf meinem Stuhl saß und in meinen Büchern blätterte, hatte etwas schwindelerregend Verwirrendes. So als wäre ich an zwei Orten gleichzeitig.

„Können wir nicht das Radio anmachen, es ist so still, Ma."

Ina drehte sich um, das Messer in der Hand. „Musik beim Essen ist nicht gesund. Genau wie Lesen."

Ich hab nicht dich gemeint, dachte ich und wischte über die Tischplatte, dabei kam mir der Ärmel meines Bademantels vor Augen. Ein verblichenes Blau, an den Ellenbogen ausgebeult. Der Stoff war zu dünn. Ich fror.

Es war still, aber ich hörte noch ihre Sätze. Ich hörte sie deutlich, sie dröhnten in meinem Kopf.

‚Sie braucht eine feste Hand. Du bist zu alt, Marie. Sie tanzt allen auf dem Kopf herum. Ich finde, du solltest darüber nachdenken.'

‚Es gibt eine Abmachung, Ina. Erinnere dich. Du bist einfach abgehauen damals. Mila war dir egal. Wir alle waren dir egal. Wir haben nicht mal gewusst, ob du lebst!'

176

‚Das war vor zwölf Jahren! Es war eine andere Zeit damals! Jetzt ist eine ganz andere Situation.‘

‚Es ist ein Wunder, dass sie mir Mila gegeben haben, Ina! Weißt du das überhaupt? Sie war nicht mal ganz ein Jahr. Sie hätten sie wegnehmen und ins Heim stecken können. Wir hätten sie nie wieder gesehen!‘

‚Ich konnte nicht hier bleiben, Marie. Du weißt genau, dass ich verreckt wäre. Dass sie fünf Jahre später die Grenzen aufmachen, hab ich nicht wissen können. Das hat keiner gewusst!‘

Ich hatte den Schlüssel in der Hand, beruhigend groß. Ma legte das Nähzeug weg, kam zu mir, löste den verrutschten Verband und legte ihn wieder an.

‚Sie klettert auf Bäume und bricht sich das Bein, sie ertrinkt fast im Weiher. Du hast sie nicht *erzogen*, Marie. Du hast sie nur *aufwachsen* lassen. Sie ist wie ein kleiner Junge. Aber in ihrem Alter sollte sie sich langsam für andere Sachen interessieren. Du musst das lenken! Sie sollte was am Computer lernen. Und wenn sie schon so viel liest, dann gib ihr englische Bücher. Wie soll sie denn später Chancen auf Arbeit haben, vor allem hier im Osten, wenn du sie aufwachsen lässt wie Heidi?‘

‚Sie ist ein Kind, Ina.‘

‚Eben nicht! Sie ist fast dreizehn!‘

In der Küche war es warm und trocken. Ich zitterte. Meine Zähne schlugen aufeinander. Ma sagte: „Geh wieder ins Bett, Mila."

Es roch nach Zwiebeln. Draußen bellten Hunde. Der Vorhang bebte, und ein Sonnenfleck stand unruhig neben dem Ofen. Inas Haare. Sie hatten die bleierne Farbe des Weihers.

„Ich bring dir nachher Hustensaft hoch", sagte Ma.

„Nein!" Als ich merkte, dass ich geschrien hatte, senkte ich sofort die Stimme. „Ich meine … ähm … gib mir *jetzt* den Saft. Du weckst mich auf, wenn du später kommst."

Und in meinem Kopf hämmerten die Sätze, die sie gesprochen hatten, immer weiter. Diese Sätze, als sie dachten, ich schlief.

‚Gib sie mir zurück, Marie, du musst nur zustimmen.'

‚Ich kann nicht.'

‚Es geht nicht um dich, sondern um Milana! Sie braucht ein stabiles Zuhause! Liebst du sie nicht?'

Da war der Rücken von Ina, die weiter Fleisch schnitt. Ob die Kälte der Hand durch den Griff des Messers bis in die Klinge drang? Ob das Fleisch an den Schnittstellen kalt wurde?

‚Du musst nur zustimmen.'

Ich stürzte den Hustensaft hinunter und sprang vom Stuhl. Ich lief die Treppe zu meinem Zimmer hoch. Als ich drinnen war, drehte ich den Schlüssel herum und stellte mich mit dem Rücken gegen die Tür. Mein Zeigefinger schnellte vor. „Du musst jetzt gehen!"

„Feigling …"

„Irgendwer wird dich schließlich suchen!"

„Mich sucht niemand."

Sie stand am Glasschrank und versuchte ungeschickt, sich einen Zopf zu flechten. Sie hatte eine meiner Jeanshosen an und mein knallblaues Supergirl-Shirt.

„Wovor hast du eigentlich Angst?", fragte sie.

„Ich hab keine Angst!"

„Na dann."

Sie lächelte. Ihr Gesicht war im Spiegelschrank so deutlich, dass es ausgehöhlt wirkte. Ich sah mich selbst daneben und kam mir unscharf vor, hastig dahingewischte Züge. Sie lächelte mich einen Augenblick lang aus einer Leere heraus an, die größer war als alles, was ich je gesehen hatte.

„Du bist abgehauen", sagte ich kalt.

„Wollen wir denn wirklich keine Freunde sein?" Und dann streckte sie die Hand aus und berührte den Verband um meinen Kopf. Ich dachte an den Ast, der daraufgeknallt war. Von der Seite. Ich dachte an Jamie, an Karina, und mir war, als müsste ich losheulen.

„Warum kommst du überhaupt zu mir?", rief ich wütend. „Vielleicht brauch ich ja keine Freunde!"

„Das glaub ich nicht", sagte sie.

Plötzlich wurde mir warm. Meine Adern tauten seit Tagen der Starre endlich auf, und schmerzhaft heißes Blut rauschte hindurch. Ich sah in ihre Augen und musste dann den Blick senken, als wäre da etwas, das zu hell war, um es direkt anzusehen.

Ich spürte, wie die Spannung der letzten Jahre sich dehnte, sich bis zum Äußersten in meinem Kopf aufblähte, bis ich die Hände an die Schläfen riss, wo der Verband saß.

„Meine Mutter ist gar nicht meine Mutter", flüsterte ich. „Ich bin Inas Tochter. Ich gehöre ihr." Plötzlich war ich müde, hundemüde.

„Das stimmt nicht", sagte das Mädchen. „So lange du etwas hast, von dem nur du weißt, gehörst du ihnen nicht!"

„Und was soll das sein?", fragte ich.

„Nicht was", sagte sie und grinste. „Sondern wer." Sie machte einen gespielten Knicks.

„Du?"

Sie nickte. „Wollen wir Freunde sein?", fragte sie noch einmal. Wie damals in Halbreich. Sie streckte mir ihre Hand hin und sagte: „Ich bin Polly." Und als ich einschlug, spürte ich es: Dies hier war der Anfang von etwas, was Ina und Carsten nicht zähmen konnten.

Schritte kamen die Treppe hoch, und Polly, die die Panik in meinem Gesicht gesehen haben musste, sprintete zur Gaube, sprang aufs Klavier und zog sich mühelos hoch und aus der winzigen Luke hinaus in den Baum. Leicht und schnell wie ein Gedanke. Nur das Laub des Eierpflaumenbaums raschelte und bewegte sich noch.

Als die Tür aufging und Ina hereinkam, sich geräuschvoll in meinem Zimmer bewegte, Staub saugte, ein Buch über Energie und Atomkraft aufs Klavier legte und dann all meine Sachen berührte, sah ich zum leise zitternden Baumlaub am Fenster, das aussah, als würde es mir zuzwinkern, und fühlte mich plötzlich leicht. Fast glücklich.

~

Ich schlief den ganzen Tag, und in der Nacht fing ich an zu fiebern. Ich warf mich im Bett hin und her, während das Gasthaus unter den Schritten der Tanzenden vibrierte. Ich schnappte nach Luft, ich schwitzte und spürte die Bässe, die von unten durchs Gemäuer stiegen und durch die Bohlen, das Bett und die Matratze hindurch in meinen Körper drangen, sich mit meinem Herzschlag vermischten, meinem Atem.

Der Schlaf hatte mich geschluckt. Ich sah Polly unten im Garten. Es gibt diese Träume, in denen man genau weiß, dass man träumt. Polly war im Geräteschuppen. Kam mit etwas Großem, Glänzenden wieder heraus. Stand jetzt auf der Schotterstraße vorm Haus, winkte mir. Mir? Wo war *ich* eigentlich? Es gibt diese Träume, da weiß man ganz genau, dass man alles tun kann, eben *weil* es ein Traum ist. Ich stand auf dem Stuhl zur Gaube, zog mich hinaus, breitete meine Arme aus und flog. Ich flog Polly hinterher. Zu den Wiesen. Der Mond schüttete sein Licht über die Wiesen, freigebig, maßlos, was mich an die Nächte mit Karina und Jamie erinnerte, und mein Herz zum Ziehen brachte. Zugleich machte es mich wütend, während alles so merkwürdig bleich war unter mir, fremd, wie verschoben. Ich sah den Kiosk unter mir, diesen Glaspavillon mit knochenweißen Holzstreben, dessen Scheiben im Mondlicht aufglitzerten wie Wasser. Ich sah Polly etwas Großes durch die Luft wirbeln, es war aus Metall, eine Box, ein Kanister? Sie tänzelte um den Pavillon herum und schwenkte das Ding immer in diese Richtung. Ich flog über allem, zog Kreise und lachte und lachte, denn es sah einfach zu lustig aus, wie Polly da wirbelte. Dann war die Box plötzlich weg, und sie hatte etwas anderes in der Hand, einen Spaten? Einen Stab? Eine Axt? Und plötzlich schossen Flammen in die Luft, und ich fegte durch sie hindurch, und ein funkelndes Lachen zuckte vom Himmel wie ein Blitz und zertrümmerte weißes Holz, immer wieder weißes Holz, und hunderte kleine Explosionen zerschossen die Stille, und über allem der Mond, dieser Mond, so ein unglaublicher Mond.

~

Als ich am nächsten Morgen die Augen aufschlug, musste ich sofort wieder lächeln. Ich fühlte eine neue Kraft in mir. Dabei taten meine Hände und Füße irgendwie weh. Ich sah meine Hände an, sie waren rot und hatten Bläschen. Eine Allergie wahrscheinlich, dachte ich. Ich hatte keine Lust mehr, krank zu sein. Ich war gesund!

Ich schlug die Decke zurück, wollte aufstehen, sah auf mein Bettlaken. Auf die Schlammspuren, den Dreck. Vor dem Bett lagen meine Sachen. Die Jeans, das knallblaue Supergirl-Shirt. Ich hob sie ans Gesicht und roch Rauch.

~

„Mila! Was machst du so lange da drin!" Ina hämmerte gegen die Badezimmertür.

Ich hatte das Bad versperrt, hatte das Bettzeug und meine Klamotten in die Waschmaschine gestopft, Pulver in das Fach geschüttet und auf Start gedrückt, hatte mir eine Wanne voll Wasser eingelassen, den Verband abgenommen und war unter dem Schaum verschwunden. Das tat gut. Ich atmete aus.

Die Schlammspuren waren natürlich von Polly. Als sie sich gestern nackt und dreckig in mein Bett gelegt hatte.

„Mila!"

„Ich bade! Ich hab in der Nacht total geschwitzt!"

„Komm raus, es ist etwas passiert!"

Mir doch egal, dachte ich und lauschte, wie Ina wieder nach unten ging. Und wie dann in der Küche ein Streit losging, ein Schreien und Schimpfen, und da wusste ich wieder, dass es das gewesen war, was mich geweckt hatte. Das Gebrüll.

„… selber Schuld. Wer kommt auch auf die hirnrissige Idee, einen Kiosk in der Wildnis aufzubauen, wo keiner ein Auge drauf hat!", kreischte Ina. „Nicht mal versichert ist das Ganze!"

„Das weiß ich selber!", brüllte Carsten. „Das können nur diese Scheißnazis gewesen sein, die letzte Woche da waren!

Verdammte Mistbande. Schlagen alles zu Klump und zünden es an!"

Ich lag in der Wanne, fühlte mich irgendwie zerschlagen. Zerschlagen, aber auch gut. So als hätte ich einen Stall ausgemistet. Oder ein großes Stück Land umgegraben.

Ich schloss die Augen. Und sah wieder Mondlicht, zuckend, grell und zerhackt wie das Stroboskoplicht, das Carsten unten im Saal anmachte, wenn Disko war, und in diesem Licht sah ich eine Kaskade von Bewegungen, hörte das Knirschen und Krachen von weißem Holz und Glas, und dann, am Ende, ein hohes Kreischen, wie von einem Tier. Oder einem Menschen. Einem Mädchen, das sehr, sehr wütend war. Ich machte die Augen wieder auf und lächelte.

VI Gräber
Vierzehn Jahre später

Zelle Nummer 13.

Zwei mal vier Meter. Ein Bett, ein Tisch, ein Stuhl, ein schmaler Metallschrank, ein Standregal. Der Boden ist gefliest. Die Fliesen haben dieselbe Farbe wie die Haut starker Raucher. Das Fenster zeigt zum Hof. Der Blick ist durch ein Metallgitter geneuntelt.

Es ist neunzehn Uhr. Bis einundzwanzig Uhr haben wir „Freizeit". Freizeit heißt, dass wir uns frei auf dem Gang bewegen, dass wir uns besuchen dürfen, im Gruppenraum fernsehen, in der Küche kochen. Wir bekommen hier sämtliche Mahlzeiten vorgesetzt. Trotzdem wird in der Freizeit gekocht. Einfach so. Wegen des Zusammenseins. Am Anfang hat Ilka mich ein paar Mal zum Kochen eingeladen, aber ich bin nie hingegangen. Jetzt fragt sie nicht mehr, versucht aber immer noch, sich mit mir anzufreunden. Nur – ich will nicht.

Ich sitze am Fenster und warte. Frühsommer. Jemand hat draußen im Hof gemäht. Jetzt sieht das Gras gelb aus, dürr. Der spülwasserfarbene Himmel drückt Wärme heraus. Ein Detail, das mich fast froh macht: Was auch geschieht, es wird immer ein Wetter geben, heiß oder kalt, dunkel oder hell; dem Wetter ist es gleichgültig, ob wir existieren oder nicht, es sieht uns nicht zu, es tadelt oder lobt uns nicht. Es ist einfach da und wird noch da sein, wenn längst keine Menschen mehr leben.

Irgendwer spielt Klavier im Gemeinschaftszimmer, *Für Elise*. Wer auch immer es ist – sie kommt nicht über die ersten sieben Takte hinaus, und ich sehe auf meine Finger, die leicht zucken, als wollten sie übernehmen. So, wie ich im *Orion* für Gudrun übernommen hatte, als Polly mich zum Klavier geschoben hatte.

Vincent . . .

Sofort muss ich an ihn denken, sehe ihn vor mir. Sein geflecktes Fell, die gespitzten Ohren. Eins war eingerissen von einem Kampf. Ich durfte ihn nicht behalten. Wo mag er sein? Ob er lebt?

Nie hab ich mich das bei Rosa gefragt: ob sie vielleicht noch gelebt hatte. Vielleicht hatten sie sie ja retten können? Aber bei Vincent frage ich es mich dauernd. Er war am Ende so krank gewesen.

Einundzwanzig Uhr ist Nachtverschluss, die Stahltüren werden verriegelt. Um sechs Uhr morgens gehen sie wieder auf. Ich sitze am Fenster, sehe in den geneunelten Himmel. Keiner weiß, dass Polly schon hier ist. Sobald die Stahltür sich schließt, wird sie kommen. Sie kann alles. Denn sie kennen dich nicht, Polly. Sie wissen nichts von dir.

Wissen nichts von den Tagen, nachdem Ina und Carsten mit dem Möbelwagen gekommen waren und den *Anker* übernommen hatten. Gekentert. Als sie anfingen, alles auszubessern, zu überstreichen und grell auszuleuchten. Als sie das Haus von meiner Vergangenheit reinigten. Ich war aus dem Gasthaus geflüchtet, jeden Tag, zum Friedhof. Und wenn ich kleine Löcher in die Erde von Vaters Grab gebohrt und Bucheckern hineingelegt hatte, war ich ein wenig herumgegangen. An den jungen Gräbern entlang, die im vorderen Teil des Friedhofs lagen, in der Sonne. Sie waren frisch bepflanzt, die Wege geharkt. Die Steine glänzten in der Mittagssonne.

Dann war ich in den hinteren Teil gewechselt, dorthin, wo die älteren Gräber lagen, wo kaum mehr Blumen, sondern Büsche auf den Grabstellen wuchsen. Dort war es nicht mehr sonnig, dort standen Platanen, deren Schatten die Gräber überwuchsen. Ich lief durch die Schatten, ich sehe es vor mir, als wäre es jetzt. Ich lief und atmete den blutvollen Geruch der Bäume, atmete diese hypnotische Stille, diesen fast schon verbrecherischen Lebenswillen der Natur überall. Und ganz hinten, dort, wo die Bäume am dichtesten zusammenrückten und es kalt wurde, waren die vergessenen Gräber.

Dort blieb ich stehen. Vor einem davon. Eines Nachmittags. Es war von Disteln und Brennnesseln überwuchert. Ich wischte die Nesseln zur Seite, wischte über den bemoosten Stein, fuhr mit dem Finger die zerschlissenen Buchstaben ab.

Aus dem Leben gerissen von fremder Hand
hat der Weiher sie geborgen

Mein Kopf sank gegen den Stein; ich schloss die Augen. Hier war es, das Grab des ermordeten Mädchens, von dem die Erwachsenen behaupteten, es habe nie existiert. Das Mädchen, dem etwas Wichtiges fehlte, als man es aus dem Weiher gezogen hatte. Ich atmete und streichelte den Stein, während ich hinter geschlossenen Lidern sah, wie Ina und Carsten Möbel aus dem *Anker* in den Hof trugen und übereinander warfen. Ich sah, wie sie durch mein Zimmer gingen und alles in Beschlag nahmen, und riss die Brennnesseln aus, eine nach der anderen. Und dann ...

... spürte ich etwas. Spürte eine Bewegung. Ich öffnete die Augen, sah mich um, aber da war niemand. Ich war ganz allein in diesem Teil des Friedhofs. Ich sah auf die freigezupfte Erde und nahm eine Unebenheit wahr, einen ... Riss? Ganz fein war er, verbreiterte sich aber, als ich mit der Hand darüberwischte, wurde zu einem Spalt, handkantenbreit, aus dem etwas Weißes hervorblitzte. Ich zupfte daran.

Stoff. Weißer Stoff. Feine Spitze. Ein Band aus Seide.

Ich stand auf. Ich ging Schritt um Schritt rückwärts.

„Willst du schon gehen?", fragte eine helle Stimme, die ich kannte, ich wusste nicht woher, vielleicht aus einem Traum. Ich drehte mich um, aber da war niemand. „Wollen wir nicht Freunde sein?", fragte die Stimme, meine eigene.

Und dann war es ganz deutlich, eine Bewegung auf dem Grab, und die Disteln, die die Unterseite des Grabsteins verdeckten, beugten sich, knickten um. Und während ich rückwärts davonging, las ich:

Polly
Die Toten sind nicht abwesend, nur unsichtbar.

Dank

Mein besonderer Dank geht an Manuela Lachmann, die das Buch kritisch begleitet und es mit schönen Ideen bereichert hat.

Ein warmer Dank auch an das Querverlags-Team: an Jim Baker, Ilona Bubeck und an Corinna Waffender, meine Lektorin. Wie gut, dass es Euch gibt!

Nicht das Harmonische fasziniert, sondern das Widersprüchliche

Antje Wagner

Der gläserne Traum
Roman

€ 17,50, gebunden, ISBN 978-3-89656-040-7

Chris, die kühle, beherrschte. Clarissa, die fühlende, leidenschaftliche –
eine Liebe, die ein Balanceakt zwischen Nähe und Distanz ist.

*»Antje Wagner traut ihrer Sprache eine Sinnlichkeit zu, die in
der heutigen Literaturszene selten, wenn nicht gar tabuisiert ist.«*
Potsdamer Neueste Nachrichten

WWW.QUERVERLAG.DE

Antje Wagner

UNLAND

Die vierzehnjährige Franka ist der »Neuzugang« im Haus Eulenruh, einem Wohnprojekt für sieben Kinder und Jugendliche. Doch irgendetwas stimmt nicht in dem kleinen Elbdorf. Wieso schweigen die Erwachsenen so beharrlich, wenn man sie auf Unland, diese düstere Ruinenlandschaft am Waldrand, anspricht? Als plötzlich ein Junge aus dem Haus Eulenruh verdächtigt wird, einen Diebstahl begangen zu haben, gründet Franka eine Bande. Während die »Eulen« versuchen herauszufinden, wer hinter der Verleumdung steckt, stoßen sie auf ein viel größeres und unheimlicheres Geheimnis.

»Ein dichter, spannender, äußerst realistisch erzählter Jugendroman mit starken Charakteren.«
Süddeutsche Zeitung

»Ein Jugendroman, der von der ersten Seite an packt!«
Stiftung LESEN

»Ein eindringlicher Thriller mit starken Typen.«
Financial Times Deutschland